Fabian Lenk

Die Drohne der 1000 Gefahren

In der Reihe „1000 Gefahren" sind erschienen:

RTB 52340 · Edward Packard, *Die Insel der 1000 Gefahren*
RTB 52344 · R. A. Montgomery, *Der Urwald der 1000 Gefahren*
RTB 52345 · Fabian Lenk, *Das Meer der 1000 Gefahren*
RTB 52346 · Fabian Lenk, *Die Pyramide der 1000 Gefahren*
RTB 52361 · Fabian Lenk, *Das Fußballspiel der 1000 Gefahren*
RTB 52363 · Fabian Lenk, *Die Wüste der 1000 Gefahren*
RTB 52396 · Fabian Lenk, *1000 Gefahren auf dem Piratenschiff*
RTB 52397 · Edward Packard, *1000 Gefahren im Strafraum*
RTB 52407 · Fabian Lenk, *1000 Gefahren im Gruselschloss*
RTB 52437 · Frank Stieper, *1000 Gefahren im Internet*
RTB 52463 · Fabian Lenk, *1000 Gefahren in der Drachenhöhle*
RTB 52474 · Fabian Lenk, *1000 Gefahren bei den Rittern der Tafelrunde*
RTB 52475 · Edward Packard, *1000 Gefahren am Katastrophentag*
RTB 52498 · Fabian Lenk, *1000 Gefahren im alten Rom*
RTB 52516 · Fabian Lenk, *1000 Gefahren im Fußballstadion*
RTB 52526 · Fabian Lenk, *1000 Gefahren bei den Dinosauriern*
RTB 52541 · Fabian Lenk, *1000 Gefahren bei den Indianern*
RTB 52549 · Fabian Lenk, *Das Handy der 1000 Gefahren*
RTB 52550 · Fabian Lenk, *Die Safari der 1000 Gefahren*
RTB 52555 · Fabian Lenk, *Agent der 1000 Gefahren*
RTB 52556 · Fabian Lenk, *1000 Gefahren in den USA*
RTB 52567 · Fabian Lenk, *1000 Gefahren in der Wildnis*
RTB 52571 · Fabian Lenk, *Die Mannschaft der 1000 Gefahren*
RTB 52572 · Fabian Lenk, *Konsole der 1000 Gefahren*
RTB 52579 · Fabian Lenk, *1000 Gefahren auf dem Mars*
RTB 52590 · Fabian Lenk, *1000 Gefahren in der versunkenen Stadt*
RTB 52591 · Fabian Lenk, *1000 Gefahren in der Schule des Schreckens*
RTB 52592 · Fabian Lenk, *Fußballpokal der 1000 Gefahren*
RTB 52598 · Fabian Lenk, *Das Laserschwert der 1000 Gefahren*
RTB 52607 · Fabian Lenk, *Der Superheld der 1000 Gefahren*
RTB 52617 · Fabian Lenk, *Die App der 1000 Gefahren*
RTB 52625 · Fabian Lenk, *Die Drohne der 1000 Gefahren*

Fabian Lenk

1000 GEFAHREN
DU ENTSCHEIDEST SELBST!

Die Drohne der 1000 Gefahren

Mit Illustrationen
von Stefani Kampmann

Ravensburger

MIX
Papier aus verantwortungsvollen Quellen
FSC® C111262

1 3 5 4 2

Als Ravensburger Taschenbuch
Band 52625
erschienen 2020

Text: Fabian Lenk
Cover- und Innenillustrationen: Stefani Kampmann

Postfach 2460
88194 Ravensburg

Printed in Germany

ISBN 978-3-473-52625-3

www.ravensburger.de

Warnung!

Lies dieses Buch nicht in einem Zug von vorne bis hinten durch. Es enthält verschiedene Abenteuer, die du mit deiner neuen Superdrohne erleben kannst. Du allein entscheidest, wie es weitergeht. Jagst du mit deiner Drohne Verbrecher und bringst sie hinter Gitter? Oder wagst du dich in die toughe Welt des Drohnen-Rennsports, um schnell an viel Geld zu kommen?
Egal welchen Weg du wählst, nimm dich in Acht! Denn überall lauern Gegner, die stärker und skrupelloser sind als du! Nur wenn du kluge und mutige Entscheidungen triffst, erreichst du dein Ziel ...

Viel Glück!

Yes, jetzt hast du sie endlich! Deine erste Drohne. Und was für ein tolles Teil! Es handelt sich um einen sogenannten Quadrocopter mit integrierter Kamera und Fernsteuerung. Die vier Rotoren können sowohl für Auftrieb wie bei einem Hubschrauber als auch für Vortrieb sorgen, indem der Pilot die Rotoren mittels der Fernsteuerung leicht neigt.
Okay, man kann das schöne Ding auch Drohne nennen. Aber Quadrocopter klingt bedeutend besser, oder?
Der elegante mattschwarze Copter ist genau das richtige Geburtstagsgeschenk von deinen Eltern. Schließlich liebst du alles, was irgendetwas mit Fliegen zu tun hat. Als kleiner Junge hast du Drachen steigen lassen. Danach waren es Spielzeug-Segelflugzeuge. Und klar: Später willst du unbedingt Pilot werden. Das mag auch daran liegen, dass dein Elternhaus ganz in der Nähe des Flughafens steht. Schon immer hast du gern zum Himmel geschaut und die mächtigen Maschinen beobachtet, die über dich hinwegdröhnten, mit Zielen irgendwo in weiter Ferne. Was muss es für ein Gefühl sein, ein riesiges Flugzeug zu beherrschen, es zu steuern und damit über schier endlose Ozeane und Kontinente zu düsen?
Ja, Fliegen ist dein Leben.
Und jetzt hast du dieses megacoole Teil in den Händen! Immerhin ein Anfang, denn du bist jetzt schon mal der Pilot einer kleinen Maschine und wirst gleich …
„Tim, hörst du nicht?" Das ist die Stimme deines Vaters.

Lies weiter auf Seite 99

Was soll's, denkst du dir. Du bist hier nicht die Polizei. Du lässt also weiter die eigene Drohne kreisen und bist einfach nur glücklich.

Am nächsten Tag bist du wieder vor Ort. So geht es tagein, tagaus.

Irgendwann keimt in dir der Wunsch, eine schnellere Drohne zu haben. Oder sogar Rennen zu fliegen. Das wäre doch der Hammer!

Andererseits kostet eine Renndrohne richtig viel Geld. Du würdest deine gesamten Ersparnisse ausgeben müssen …

Wenn dir das zu teuer ist und du weiter Spaß mit deiner „alten“ Drohne haben möchtest, lies weiter auf Seite **43**

Wenn du in den Rennsport mit Drohnen einsteigen willst, lies weiter auf Seite **51**

„Zu militärischen Anlagen musst du einen Sicherheitsabstand von mindestens hundert Metern einhalten“, spricht der Herr Lehrer. „Das gilt auch für Menschenansammlungen, Krankenhäuser und Bahnanlagen. Klar, Tim?“
„Äh ja, sonnenklar!“, sagst du schnell.
Dein Dad blickt dich prüfend an. Dann seufzt er noch einmal und schüttelt den Kopf.
„Und jetzt gibt's Kuchen“, flötet deine Mom.
Du willst eigentlich keinen Kuchen (auch wenn deine Mutter wirklich die besten Torten der Welt zaubern kann), du willst die Drohne fliegen lassen. Aber es nützt nichts.
Eine halbe Stunde später ist es endlich so weit: Du darfst loslegen. Natürlich nicht daheim im Garten, aber ein Stück entfernt über einem freien Acker neben einem Waldgebiet. Du stehst auf der Straße und lässt die Maschine fliegen. Es ist wirklich faszinierend, wie schnell und sauber der Copter auf kleinste Bewegungen mit den beiden Joysticks reagiert. Der eine dient dazu, die Drohne nach links oder rechts zu steuern, der andere dazu, die Maschine auf- und absteigen zu lassen.
Der Copter surrt wie eine Hornisse, ist extrem schnell und wendig. Auf deinem Handy, das du mit der Fernsteuerung verbunden hast, siehst du die Bilder der 4K-Kamera, die an der Drohne montiert ist. Wow, das ist einfach nur cool!

Lies weiter auf Seite 14

Schon lässt du deinen eigenen Copter aufsteigen und ignorierst das Verbot, dass man eine Drohne nicht über bewohntem Gebiet fliegen lassen darf. Aber hier ist es schließlich ein Notfall, du willst eine Straftat verhindern.

Du schickst deine kleine Maschine also geradewegs zu dem weißen Ding.

Eine Schweißperle bahnt sich ihren Weg zu deiner Nasenspitze, als du der anderen Drohne ganz nah kommst.

Wusch! Das war knapp, du bist direkt vor der Nase des Copters vorbeigeschossen.

Der dreht ab, fliegt eine enge Kurve und …

Oh nein, sie kommt von hinten direkt auf dich zu! Will dich das Ding etwa rammen? Soll es einen Luftkampf geben?

Wenn du dich dem Kampf stellst,
lies weiter auf Seite **78**

Wenn du lieber fliehst,
weil du Angst um deinen Copter hast,
lies weiter auf Seite **53**

Lieber nicht, das klingt in deinen Ohren ganz furchtbar illegal und daher auch ganz furchtbar falsch.
Also schüttelst du nur den Kopf und ziehst dich zurück, um dich auf das Finale zu konzentrieren.
Nach einer Weile gesellt sich Marie zu dir. Ihr redet ein wenig über deine Erfolgsaussichten, die wirklich nicht hoch sind.
„Aber genau das könnte deine Chance sein, Tim", muntert Marie dich auf. „Du hast dir in der Szene noch keinen Namen gemacht, dich hat niemand auf dem Zettel."
Genau so ist es, denkst du. Du bist nur der Außenseiter, nur einer von denen, die das Feld auffüllen – wie bei der Formel 1, wo ja auch immer ein paar Fahrer am Ende des Felds zuckeln und sich sogar schon mal überrunden lassen müssen.
Aber das stört dich nicht. Du beschließt, es allen zu zeigen.
Voll fokussiert gehst du wenig später mit den anderen Finalisten an den Start. Dein Plan ist, ihnen den Vortritt zu lassen, zumindest am Anfang. Du kontrollierst das Feld von hinten. An der Spitze gibt es knallharte Duelle, aus denen du dich zunächst heraushältst.
Bäng! In Runde zwei zerreißt es die Drohne von diesem Schnösel namens Jason – der Favorit hat einen Fehler gemacht und ist draußen, seine Drohne an einem Gestänge zerschellt! Übel, übel. Ein Lächeln erscheint auf deinem angespannten Gesicht.

Wenn du jetzt ebenfalls in den Kampfmodus übergehst, lies weiter auf Seite **97**

Wenn du dich noch zurückhältst, lies weiter auf Seite **108**

Du pirschst dich aus deinem Zimmer zur Treppe, die nach unten führt. Völlige Stille.
Hm, du hast dich wohl geirrt.
Als du wieder in dein Zimmer gehen willst, hörst du erneut ein verdächtiges Geräusch aus dem dunklen Untergeschoss: das Quietschen einer Tür. Aber deine Eltern würden Licht machen, wenn sie da unten noch etwas zu erledigen hätten – dein Dad zum Beispiel, wenn er mal wieder dem Kühlschrank einen heimlichen Besuch abstattet.
Deine Nackenhaare stellen sich auf. Da unten ist jemand, der dort nicht hingehört!

**Wenn du Licht machst,
um den Einbrecher zu vertreiben,
lies weiter auf Seite 90**

**Wenn du in dein Zimmer flitzt, um mit dem Handy
die Polizei zu rufen,
damit der Kerl auf frischer Tat geschnappt wird,
lies weiter auf Seite 38**

Du lässt die Drohne kreisen. Nach nur einer Minute liefert dir die Kamera an deinem Copter Bilder von einem Mountainbike vor einem der Häuschen.
Yes, jetzt bist du ganz nah dran!
Du steuerst die Drohne zurück zu dir und verstaust sie schnell in der Tasche.
Dann spazierst du zu der Hütte und peilst die Lage.
In dem kleinen Garten steht ein Mann, der dir den Rücken zudreht und mit einem Nachbarn am Zaun redet.
Hm, du könntest im Rücken des Verdächtigen in das Häuschen schleichen, um zu schauen, ob du etwas findest – Diebesgut zum Beispiel …

Wenn du dich das traust,
lies weiter auf Seite 62

Wenn du lieber die Polizei alarmierst,
lies weiter auf Seite 73

Plötzlich gerät eine andere Drohne in dein Blickfeld. Das pfeilschnelle weiße Ding surrt auf das nahe Wohngebiet zu, in dem auch dein Elternhaus steht.
Hm, seltsam, wieso dreht die Drohne nicht ab? Wie dein Vater schon richtig sagte, darf man die hübschen Geräte nicht über Wohngebieten fliegen lassen.
Du hältst nach dem Besitzer der Drohne Ausschau. In einiger Entfernung siehst du eine große Gestalt in der Nähe eines hohen Windrades, die wie du eine Fernsteuerung in den Händen hält.
Was ist das für ein Typ? Wieso setzt er sich über das Verbot einfach hinweg?

Wenn du keinen Ärger riskieren willst und daher die Sache auf sich beruhen lässt, lies weiter auf Seite 8

Wenn du den Fremden zur Rede stellen willst, lies weiter auf Seite 21

Du bist voller Energie, voller Tatendrang und du tust, was du jetzt glaubst, tun zu müssen: Du streifst den anderen Copter! Deine Maschine ist so stabil gebaut, dass sie das schon aushalten wird, während das weiße Ding hoffentlich crasht!
Oh ja, das tut die weiße Drohne auch: Sie knallt auf das Feld. Aber leider ergeht es deiner schönen neuen Drohne nicht besser. Sie zerschellt fast direkt neben dem Copter des mutmaßlichen Einbrechers.
Traurig beugst du dich über die Trümmer deines so lang ersehnten Geschenks. Da ist nichts mehr zu machen …
Wie konntest du nur so doof sein, wie konntest du nur ein solches Risiko eingehen?
Außerdem fehlt vom Besitzer der weißen Drohne auch noch jede Spur. Der hat sich bestimmt aus dem Staub gemacht.
Immerhin taucht nie wieder eine Drohne über eurer Siedlung auf.
Aber diesen Erfolg hast du teuer bezahlt.

Ende

Nein, du willst das Tier nicht verscheuchen oder unter Stress setzen. Aber das muss dich ja nicht daran hindern, den Steinadler zu beobachten.
Aus eurer Ferienwohnung holst du dir ein Fernglas, setzt dich auf den Hochstand eines Jägers und suchst die Umgebung damit ab.
Ja, da ist er wieder, der Steinadler! Er fliegt zu seinem Horst, der hoch oben auf einem Felsen liegt. Und dort ist noch ein Adler!
Du ahnst, dass das Adlerpaar Nachwuchs bekommen hat. Das Weibchen kauert im Horst und scheint die Eier auszubrüten, während das etwas kleinere Männchen auf die Jagd geht, um das Weibchen und sich selbst zu ernähren. Jetzt entfernt es sich wieder vom Horst.
In diesem Moment bemerkst du einen Kletterer, der sich den steilen Fels an einem Seil hinaufzieht. Du hältst den Atem an. Was hat der Typ vor?
Gebannt verfolgst du die waghalsige Kletterpartie. Jetzt hat der Mann den Horst erreicht und versucht, das Weibchen zu vertreiben. Will der Kerl etwa die Eier stehlen?

Wenn du die Polizei rufst,
lies weiter auf Seite **30**

Wenn du lieber
deine Drohne einsetzt, um den Adlern zu helfen,
lies weiter auf Seite **59**

Du suchst mit der Drohne die Umgebung des Waldparkplatzes ab. Vielleicht wohnt der Kerl ja doch in der Gegend.

Nach einiger Zeit glaubst du, fündig geworden zu sein! Du entdeckst einen grauen Opel, der vor der Scheune eines abgelegenen Bauernhofs in der Nähe des Waldes steht. Aber ist das tatsächlich der Wagen, der das schöne neue Auto deiner Eltern gerammt hat?

Als du mit der Drohne etwas weiter runterwillst, um das verdächtige Fahrzeug aus der Nähe zu filmen, kracht ein Schuss. Galt der etwa deinem Copter? Oder sind hier irgendwo Jäger unterwegs?

Da du es nicht weißt und dir deine Drohne heilig ist, steuerst du sie ganz schnell zu dir zurück und verstaust sie vorsichtig in der Tasche.

Du bist sauer, weil du dir ziemlich sicher bist, dass da gerade jemand auf deine schöne Drohne geballert hat.

Du spazierst mit deiner Tasche zu dem Bauernhof, der einen ziemlich heruntergekommenen Eindruck macht, und stellst fest: Der Wagen ist verschwunden.

Hat der Täter die Karre in die Scheune gefahren, um sie vor neugierigen Blicken – zum Beispiel vor deinen – zu verbergen?

Wenn du versuchst,
heimlich in die Scheune zu gelangen,
lies weiter auf Seite **75**

Wenn du dich lieber verkrümelst,
lies weiter auf Seite **54**

Dich regt der Fall auf, er macht dich wahnsinnig sauer. Es ist wirklich unverantwortlich, eine Drohne über einem Flughafen fliegen zu lassen. Das kann zu schweren Unfällen führen! Außerdem ärgert es dich, dass der Täter für seine fiesen Attacken eine Drohne missbraucht. Nach wie vor ist nicht klar, welches Motiv er hat.

Du willst dem Kerl unbedingt das Handwerk legen – nur wie? Klar ist, dass er sich während seiner Angriffe nicht allzu weit von seiner Drohne entfernen kann. Schließlich haben die Fernsteuerungen eine begrenzte Reichweite …

Also könntest du dich auf einem der umliegenden Hochhäuser mit einem Fernglas auf die Lauer legen. Vielleicht erwischst du den Täter auf frischer Tat!

Oder du benutzt deinen Copter, um die Umgebung des Airports abzusuchen. Aber das ist verboten. Mit einer Drohne darf man schließlich nicht so dicht an einen Flughafen heran …

Wenn du dich auf einem Hochhaus auf die Lauer legst, lies weiter auf Seite 66

Wenn du die Drohne einsetzt, lies weiter auf Seite 93

20

Das Gewehr ist garantiert eine Attrappe und ebenso garantiert bist du viel schneller als der dicke Kerl! Also gibst du einfach mal Vollgas. Im Sport warst du schon immer eine Granate. Das gilt vor allem für die Kurz- und Mittelstrecken.
Das mag ja zutreffen. Und es stimmt auch, dass der Mann im Sprint viel langsamer ist als du. Jedoch ist das Gewehr keine Attrappe. Es ist echt. Total echt.
Das Letzte, was du hörst, ist das Krachen eines Schusses …

Ende

Du läufst auf den Unbekannten zu. Da rennt er davon. Es gelingt dir nicht, den Typen einzuholen.
Eine komische Sache, findest du. Ist der Mann vor dir weggerannt, hat er etwas zu verbergen? Oder war das bloß ein Zufall? Hatte es der Fremde einfach nur eilig?
Nachdenklich lässt du deine Drohne noch ein paar Minuten fliegen und gehst dann heim.
Zwei Tage später gibt es einen Einbruch im Nachbarhaus. Das erfährst du von Florian, dem Nachbarsjungen, der etwa in deinem Alter ist.
„Der Mistkerl hat die Terrassentür aufgehebelt und konnte so ins Haus eindringen. Am helllichten Tag!", berichtet Florian entsetzt. „Der Fernseher ist weg. Der Schmuck meiner Mutter auch – und meine neue Konsole hat er ebenfalls mitgehen lassen. Das ist das Schlimmste."
Dir fällt der komische Kerl mit der Drohne ein. Hat er etwa das Nachbarhaus aus der Luft ausspioniert, um den besten Weg zu finden, wie er dort einbrechen kann?

Wenn du zur Polizei gehst und den Beamten von deinem Verdacht erzählst, lies weiter auf Seite 45

Wenn du erst einmal auf eigene Faust ermittelst, lies weiter auf Seite 57

Du bleibst in sicherem Abstand und filmst den Kerl. Dir gelingen wirklich fantastische Aufnahmen von der Tat.

In der Ferienwohnung fummelst du den Chip aus der Kamera und radelst mit dem Beweismaterial zum nächsten Polizeirevier, das nur fünf Kilometer entfernt in einem etwas größeren Ort liegt. Die Adresse hast du gegoogelt.

Nur ein Beamter schiebt Dienst. Du erzählst ihm, was du beobachtet und gefilmt hast.

Der Mann lässt sich den Chip geben und schaut sich das Material auf seinem PC an. Dann sagt er zu deiner Verblüffung: „Du hast deine Drohne in einem Naturschutzgebiet fliegen lassen. Das ist verboten. Ich muss dich anzeigen."

Wie bitte? Und was ist mit dem Dieb? Darauf geht der Polizist nicht ein. Er gibt dir den Chip zurück und sagt dir, dass du und deine Eltern als die Erziehungsberechtigten umgehend Post von den Ermittlungsbehörden bekommen werdet. Es wird ein saftiges Bußgeld geben. Das darf doch nicht wahr sein!

Wenn dir das eine Lehre ist
und du keinen weiteren Ärger riskieren willst,
lies weiter auf Seite **91**

Wenn du nicht lockerlässt,
lies weiter auf Seite **41**

Nein, jetzt ist Schluss! Schluss mit den Nachforschungen, Schluss mit den Verdächtigungen – aber auch Schluss mit dem Rennsport.

Nach diesen negativen Erfahrungen hast du die Nase voll und lässt deinen megacoolen Racer nur noch daheim über den Äckern kreisen.

Nahezu jeden Tag bist du dort. Das ist wirklich viel entspannter als der hektische Rennsport mit seinen ganzen Fallstricken.

Lies weiter auf Seite 43

Der Polizist marschiert ins Wirtshaus neben der Kirche und dem kleinen Rathaus. Du stellst dein Fahrrad vor dem Lokal ab und überlegst, was du jetzt tun sollst. Da geht ein anderer Mann dicht an dir vorbei – und du erstarrst. Das ist der Bärtige, der die Steinadler-Eier gestohlen hat!
Er schaut kurz zu dir, und du hältst den Atem an. Aber deine Angst ist völlig unnötig, weil der Dieb nicht weiß, wie du aussiehst.
Jetzt betritt der Mann ebenfalls das Wirtshaus. Du spähst durch ein Fenster und siehst, dass der Bärtige sich zum Polizisten setzt. Die beiden begrüßen sich herzlich.
Jetzt hast du einen Verdacht. Stecken die beiden etwa unter einer Decke? Hat der Polizist das Beweismaterial vernichtet, um seinen Freund zu decken?
Du zückst das Handy und filmst die Männer heimlich. Dann saust du noch einmal zum Revier. Nun hat ein anderer Beamter Dienst. Er hört sich deine Geschichte in Ruhe an.
„Gut", sagt er. „Vielleicht hat der eine Herr die Eier ja noch. Dann ist er überführt."
Genauso kommt es! Die Steinadler-Eier werden bei einer Hausdurchsuchung gefunden. Der Dieb wird verhaftet – und gegen seinen Freund, den Polizisten, wird ein Verfahren eingeleitet. Es stellt sich heraus, dass der Beamte am Verkauf der Eier mitverdienen wollte.
Daraus wird nun nichts, und das ist allein dein Verdienst!

Ende

Ach was, Katzen lieben dich! Eigentlich. Denn dieses Biest HASST dich, musst du feststellen, als du nach einem beherzten Sprung samt Tasche unten gelandet bist. Das Vieh stürzt sich auf dich und verpasst dir einen fiesen Hieb mit den ausgefahrenen Krallen. Aua! Die nächste Attacke wehrst du mit der Tasche ab. Der Kater verbeißt sich darin, du bekommst ihn im Nacken zu packen, stopfst ihn in eine Mülltonne, knallst den Deckel zu und beschwerst ihn mit einer Kiste voller Einmachgläser. Das dicke Biest schreit lautstark. Soll es ruhig. Hauptsache, du bist es los.
Du flitzt zum Opel und machst Beweisfotos. Super, und jetzt schnell nach Hause!
Doch daraus wird nichts, denn unvermittelt fliegt das Tor auf und ein dicker Mann mit einem Gewehr taucht auf. Das Geschrei des Katers hat ihn offenbar alarmiert.
Der Widerling schimpft dich einen Einbrecher und Schnüffler. Dann treibt er dich in einen Kellerraum, der nur ein kleines Fenster hat. Dort macht er dir klar, dass er von deinen Eltern ein hübsches Lösegeld für dich haben will.
„Mal schauen, was du ihnen wert bist", lacht er und schließt dich ein. Du musst hier ganz schnell raus. Nur wie?

Wenn du es mithilfe der Drohne probierst, lies weiter auf Seite 65

Wenn du versuchst, den Kerl zu überwältigen, lies weiter auf Seite 110

So nicht, mein Lieber!, denkst du, während dir der Schweiß über das Gesicht läuft. Du kippst den einen Joystick ganz leicht zur Seite – und schon schwenkt deine Drohne auf die andere zu.

Paul erschrickt und weicht aus. Dabei legt sich seine Renndrohne auf die Seite und gerät von der Ideallinie ab.

Jetzt bist du wieder vorn. Mit verzerrter Miene schickst du deine Drohne in das Dreieck.

In dieser Sekunde knallt Pauls Racer mit voller Wucht gegen den Stahlrahmen des Hindernisses und löst sich in seine Bestandteile auf.

Was für ein Crash! Wenn du gekonnt hättest, hättest du triumphierend die Fäuste geballt.

Ein letztes Hindernis – dann ist der Weg frei für deinen Sieg. Klappt doch! Jetzt bist du im Finale, yes!

Kurz darauf tippt dir jemand auf die Schulter. Du drehst dich um und blickst in das Gesicht des jungen Mannes, der gerade seine Drohne geschrottet hat.

„Das war nicht fair von dir", sagt Paul drohend.

Du tust unschuldig. „Was denn? Ich habe dich nicht berührt."

„Du weißt genau, was ich meine", zischt Paul.

Lies weiter auf Seite 70

Wird schon gut gehen, sagst du dir und radelst weiter.
Da hörst du hinter dir ein Motorengeräusch und drehst dich um.
Oh nein, ein Polizeiwagen! Lass dir nichts anmerken, bleib ganz cool! Schließlich hast du doch nichts verbrochen.

Aber es könnte so aussehen, als würdest du etwas Kriminelles vorhaben.
Der Wagen überholt dich und stoppt. Zwei Beamte steigen aus.
„Bleib mal stehen", sagt der eine Polizist.
Dir wird abwechselnd heiß und kalt. Jetzt bist du fällig! Wenn die Beamten in deine Sporttasche schauen und die Drohne entdecken, werden sie die falschen Schlüsse ziehen …

Wenn du versuchst zu fliehen,
lies weiter auf Seite **83**

Wenn du anhältst,
lies weiter auf Seite **60**

Du hetzt das weiße Ding vor dir her. Jetzt macht der andere Pilot, der nach wie vor nicht zu sehen ist, ein riskantes Manöver, um dich abzuschütteln. Dabei verliert er offenbar die Kontrolle über seinen Copter – das Fluggerät schmiert ab und kracht auf den Acker!

Haha, das ist das 1:0 für dich! Dem hast du es gezeigt!

Da siehst du, wie eine Gestalt hinter dem Windrad auftaucht und auf das Feld rennt. Sie sprintet zu der Drohne und hebt sie auf. Du bist so gebannt, dass du vergisst, deinen Copter filmen zu lassen. Nicht besonders schlau von dir!

Jetzt läuft die Gestalt – ein Mann – mit der Drohne zurück zum Windrad, zieht ein Mountainbike dahinter hervor und sucht das Weite.

War das wirklich der Einbrecher – oder nur jemand, der verbotenerweise eine Drohne über eurem Wohngebiet fliegen ließ?

Wenn du den Kerl verfolgst,
lies weiter auf Seite **56**

Wenn du es dabei bewenden lässt,
weil du nicht sicher sein kannst,
dass der Kerl wirklich ein Einbrecher ist,
lies weiter auf Seite **112**

30

Du legst das Fernglas beiseite, zückst das Handy und alarmierst die Beamten.
Die können erst gar nicht glauben, was du erzählst. Aber dann versprechen sie, sofort zu kommen.
Doch bis die Polizisten da sind, ist der Täter schon über alle Berge.
Kurz darauf steigt ein Naturschützer ebenfalls zum Horst hinauf.
Als er zurückkehrt, meint er bedrückt zu dir: „Ein solches Gelege besteht meistens aus zwei, seltener aus drei Eiern. Tja, und die sind alle weg … Gut möglich, dass der Kerl sie gestohlen hat. Adlereier sind sehr begehrt für die Aufzucht der seltenen und geschützten Tiere. Es gibt einen regelrechten Schwarzmarkt dafür."
Oh Mann, das hättest du vielleicht verhindern können. Du ahnst, dass du vorhin die falsche Entscheidung getroffen hast.

Ende

Das ist eine einmalige Chance, zumal der schöne Vogel noch immer in der Nähe seine Bahnen zieht.

Also peilst du gründlich die Lage, und als du dir sicher bist, dass die beiden Aufpasser verschwunden sind, lässt du die Drohne ein weiteres Mal steigen – mit Kurs auf den majestätischen Adler.

Tatsächlich gelingen dir wunderbare Aufnahmen. Doch da fliegt der Steinadler immer weiter weg.

Mist, die Reichweite der Fernsteuerung ist natürlich begrenzt. Aber du bleibst an dem herrlichen Tier dran. Wenigstens noch ein paar Meter, nimmst du dir in deiner Gier auf spektakuläre Aufnahmen vor.

Doch du übertreibst es! Plötzlich reißt der Kontakt zu deiner schönen Drohne ab.

Nein!

Du läufst ein Stück hinter ihr her, um den Abstand zu verringern, aber in dem bergigen Gelände kommst du nicht weit. Mit vor Schrecken geweiteten Augen musst du mit ansehen, wie dein Copter ins Nirgendwo schwirrt – auf Nimmerwiedersehen …

Ende

Im letzten Moment reißt du die Tasche hoch. Die Drohne knallt hinein, wird abgelenkt und zerschellt an einem Pfeiler. 1:0 für dich, denkst du mit einem grimmigen Lächeln. Aber dir ist klar, dass der Erpresser tatsächlich in dieser Halle ist – und dass er jetzt Jagd auf dich macht.

Schon hast du die Bestätigung: Eine zweite Drohne saust heran. Ein kleines, wendiges Biest.

Erneut versuchst du, die Attacke mit der Tasche abzuwehren, doch diesmal täuscht der Erpresser den Angriff auf deinen Kopf nur an, um dann den Copter in deine Beine knallen zu lassen.

Oh, tut das weh!

Du humpelst zum Pfeiler, um Deckung zu suchen.

Die Drohne des Erpressers ist nach dem Crash nicht mehr flugtauglich, aber der Täter hat noch eine – und die lenkt er wieder in deine Richtung. Doch hinter dem Pfeiler bist du sicher. Die Drohne kreist um dich herum wie ein hungriges Insekt, aber du kannst ihr immer wieder ausweichen. Dabei siehst du den Täter. Er ist nur etwa zwanzig Meter entfernt und lauert hinter einem anderen Pfeiler. Jetzt hast du eine Idee. Du lässt deinen eigenen Copter starten. Du schickst ihn zu deinem Feind, der offenbar ganz damit beschäftigt ist, seine dritte Maschine auf dich zu hetzen. Dadurch ist er abgelenkt und sieht die heranschießende Gefahr – deine Drohne – zu spät.

Bong! Du erwischst den Erpresser an der Stirn. Bewusstlos sackt er zusammen. Du rufst die Polizei, die den Erpresser verhaftet – und dir gebührt das größte Lob!

Ende

Warum nicht? Ein solcher Renntag ist doch auch mal eine prima Gelegenheit, sich mit anderen Piloten auszutauschen oder sogar ein paar neue Freunde zu gewinnen, sagst du dir. Du gehst also mit Paul und lässt deinen Racer in der Tasche zurück.

Dann lernst du Pauls Bruder Marco und noch ein paar andere kennen. Alle sind ähnlich begeistert vom Drohnenrennsport wie du, und so habt ihr euch eine Menge zu erzählen. Paul, Marco und die anderen sind wirklich sehr nett, findest du. Es scheint so, als wären sie nicht nur Gegner im Wettkampf, sondern könnten auch deine Freunde werden. Während du dich mit Marco unterhältst, bemerkst du, dass Paul aufsteht und verschwindet. Nach wenigen Minuten ist er jedoch wieder da.

Eine Stunde später beginnt das Finale. An den Absperrungen drängen sich die Zaungäste und Fans. Es herrscht eine gespannte Stille.

Dann geht es auch schon los. Aber was ist das? Du merkst sofort, dass deine Maschine nicht richtig austariert scheint. Immer wieder musst du gegensteuern, weil dein Copter nicht über den Parcours fliegt, sondern taumelt. Natürlich hängen dich die anderen Finalisten mühelos ab. Du eierst hinterher und wirst mit Abstand Letzter, während Marco sich die Prämie sichert. So eine Blamage …

Was war nur mit deinem Racer los?, fragst du dich und nimmst ihn unter die Lupe.

Lies weiter auf Seite 114

„Das ist echt nett von dir, aber ich brauche mal ein paar Minuten Ruhe", sagst du freundlich zu Paul.
Der zuckt mit den Schultern und wirkt ein wenig verschnupft. Dann geht er wieder.
Und du?
Du checkst deine Drohne durch, vergewisserst dich, dass alles okay ist für das große Finale. Danach schließt du die Augen und gehst im Kopf den Parcours durch.
Alles klar, du bist bereit!
Dann geht es auch schon los, die Copter schießen förmlich von den kleinen Rampen an der Start- und Ziellinie. Das Publikum feuert euch an, während ein junger Mann das Renngeschehen moderiert. Seine Stimme hallt über den großen Platz. Doch du hörst ihn nicht, du bist eins mit deiner Drohne. Du hältst dich zunächst im Mittelfeld, denn du vermutest, dass es die anderen nervös machen könnte, weil du ihnen im Nacken sitzt, sie quasi vor dir herjagst.
Prompt verliert der in Führung liegende Pilot, es ist Marco, die Nerven – im Tunnel streift er eine Strebe des Hindernisses. Marcos Racer überschlägt sich und landet im Dreck. Jetzt bist du Zweiter hinter einer Pilotin namens Marie. Auch in den nächsten Runden bis zur letzten ändert sich nichts an der Platzierung.
Diese Marie macht sich sehr gut und zeigt bisher keine Schwäche.

Lies weiter auf Seite 79

Der Draht ist rostig und schneidet dir in die Hände. Nein, aus der Kletterpartie wird nichts. Du läufst mit deiner Tasche, in der die Drohne schlummert, ein wenig an dem Zaun entlang und entdeckst schließlich ein Loch in Bodennähe.

Zunächst schiebst du die Tasche durch dieses Loch, dann folgst du selbst.

Jetzt bist du auf dem Gelände und lässt erneut den Blick schweifen. Links von dir ist eine Halle, die höher ist als die anderen. Die würdest du auswählen, wenn du der Erpresser wärst, denn von dort aus hat man sicher den besten Überblick. Schließlich muss der Verbrecher damit rechnen, dass man ihn sucht – und von da oben könnte er die Fahnder nahen sehen.

Mit klopfendem Herzen läufst du zu dieser Halle, die vor dir aufragt wie ein schwarzes Ungetüm. Die eingeschlagenen Fenster erinnern dich an tote Augen, die dich fixieren.

Plötzlich hörst du ein tiefes Bellen, dann ein Knurren. Du bleibst stehen. Kamen die Geräusche aus der großen Halle oder aus einer der kleineren?

**Wenn du versuchst,
dennoch in die große Halle zu gelangen,
lies weiter auf Seite** **72**

**Wenn du lieber mit deiner Drohne
die Lage peilst,
lies weiter auf Seite** **86**

Natürlich ist dein Copter schneller da! Du lässt ihn über dem Parkplatz kreisen und beobachtest mithilfe der Kamera, wie Mom und Dad aussteigen. Sie hören das Surren der Drohne und winken. Dann marschieren sie in den Wald und sind zwei Minuten später verschwunden. Du überlegst, wohin du den Copter als Nächstes fliegen lassen willst.

Da steigt ein Mann in einen alten grauen Opel, setzt zurück und … Peng! Er kracht ins Heck des schönen neuen Autos deiner Eltern! Fast wäre dir die Fernsteuerung aus der Hand gefallen. Du rechnest damit, dass der Opelfahrer aussteigt, um sich um den Schaden zu kümmern, doch der denkt gar nicht daran. Er braust einfach davon! Fahrerflucht, das darf ja wohl nicht wahr sein! Der graue Wagen biegt in einen Waldweg ein und ist weg. All das hast du auf deinem Handy gesehen, das mit der Fernbedienung verbunden ist.

Du lässt die Drohne landen und rufst mit dem Handy deine Eltern an. Dann flitzt du zum Parkplatz.

Als du dort ankommst, sind die beiden schon da. Dein Dad ist weiß wie die Wand.

„Das ganze Heck ist verbeult, die Scheinwerfer sind kaputt!“, jammert er. „Das wird richtig teuer!“

„Und du hast das alles gefilmt, Tim?“, fragt deine Mom hoffnungsvoll.

„Ja!“, rufst du. „Vielleicht kann die Polizei mit meinen Aufnahmen den Täter ermitteln.“

Lies weiter auf Seite 61

Nicht weit entfernt erhebt sich das nächste Hochhaus. Es hat zwar nur fünfzehn Stockwerke und nicht fünfundzwanzig wie das andere mit der unfreundlichen Omi, aber für deine Zwecke dürfte es reichen.

Du klingelst, man öffnet dir – und diesmal schaffst du es mit dem Lift bis ins obere Stockwerk.

Im Flur hast du eine prima Sicht auf den nahen Flughafen und die Umgebung.

Mit dem Fernglas suchst du die umliegenden Gebäude und Plätze ab. Nichts Verdächtiges. Wäre ja auch zu schön gewesen …

Eine halbe Stunde vergeht. Dann hörst du, wie sich der Aufzug in Bewegung setzt.

Was, wenn jemand kommt und dich fragt, was du hier verloren hast? Sicherheitshalber lässt du das Fernglas unter deiner Jacke verschwinden. Doch niemand stellt dich zur Rede.

Nach zwei Stunden fragst du dich allerdings, wie viel Zeit du eigentlich in dein Sherlock-Holmes-Spielchen investieren willst. Oder wie viel Zeit du verschwenden willst.

Du ahnst, dass diese Nummer nichts bringt. Einen Versuch am nächsten Tag unternimmst du zwar noch, aber dann lässt du es bleiben und entscheidest dich, die Drohne bei der Suche nach dem Täter einzusetzen.

Lies weiter auf Seite 93

In deinem Zimmer wählst du den Notruf und alarmierst im Flüsterton die Beamten. Die versprechen, sofort zu kommen. Du machst deine Drohne startklar. Vielleicht gelingt es dir ja, die Verhaftung des Schurken live zu filmen. Das wäre doch mal eine echt coole Nummer!

Die Polizisten halten ihr Versprechen, aber leider jagen sie mit Sirene heran.

Natürlich wird der Einbrecher dadurch gewarnt. So ein Mist! Durch das geöffnete Fenster siehst du, wie der Mann wegrennt. Und die Polizei? Die scheint noch ein gutes Stück entfernt zu sein, denn du kannst sie immer noch nicht sehen, nur hören.

Du musst etwas unternehmen, sonst ist der Einbrecher weg! Kurzerhand schickst du den Copter auf die Reise und verfolgst damit den fliehenden Täter. Kurz bevor er den Zaun erreicht, der euren Vorgarten von der Straße trennt, jagst du deine Drohne dem Mann in die Beine.

Der Kerl schreit auf und stürzt gegen den Zaun. Jammernd kommt er wieder hoch. Du siehst, dass er humpelt. Beim Sturz scheint sich der Einbrecher verletzt zu haben. Sehr gut, denn jetzt ist er sehr langsam. So langsam, dass die Polizei ihn schnappen kann!

Dank dir und deiner Drohne, die den Crash unbeschadet überstanden hat.

Ende

Du lässt eine halbe Stunde verstreichen und wagst dann den zweiten Versuch. Diesmal klingelst du nur ganz oben, damit du die liebe Omi im Erdgeschoss nicht wieder aufschreckst. Hehe, es klappt! Schnell bist du im Aufzug und lässt dich hinauffahren.

Als die Fahrstuhltüren aufgehen, bekommst du einen Mordsschreck.

„Du schon wieder, Lümmel?" Die alte Dame fixiert dich mit einem stechenden Blick.

„Was … was machen Sie denn hier?", fragst du und weißt im selben Moment, wie gaga diese Frage ist.

„Ich wohne hier, Bürschlein, aber das geht dich eigentlich nichts an. Die Frage ist doch vielmehr, was du hier verloren hast. Du bist bestimmt ein Einbrecher!"

Sie zieht ein Handy aus der Rocktasche. „So, jetzt wähle ich mal die 110!"

Hektisch drückst du den Knopf fürs Erdgeschoss.

Du kannst fliehen und nimmst dir vor, nie wieder Sherlock Holmes zu spielen.

Lies weiter auf Seite **105**

Du verstehst die Welt nicht mehr. Aber okay, Erwachsene sind manchmal sehr seltsam …

Immerhin hast du ja noch den Chip mit dem Beweismaterial. Das willst du deinen Eltern zeigen, sobald sie von ihrer Wanderung zurück sind. Vielleicht haben die beiden ja eine Idee, wie man den Dieb belangen kann.

In der Ferienwohnung musst du aber feststellen, dass der Chip leer ist.

Was? Doch, es ist so.

Dir dämmert, dass der Polizist den Film gelöscht haben muss, als er ihn sich vorhin angeschaut hat.

War das etwa Absicht?

Was denn sonst?, denkst du zornig. Aber warum sollte ein Polizist so etwas tun?

Du kochst vor Wut und radelst noch einmal zum Revier, um den Mann zur Rede zu stellen.

Als du dort ankommst, verlässt der Beamte gerade das Revier und spaziert pfeifend in Richtung Kirche.

Wenn du den Polizisten ansprichst,
lies weiter auf Seite **92**

Wenn du ihn unauffällig verfolgst,
lies weiter auf Seite **24**

Tags darauf unternimmst du den nächsten Versuch. Diesmal siehst du keine Polizisten. Du radelst durch die Straßen, die in der Nähe des Flughafens liegen, und jetzt wird dir so richtig bewusst, wie riesig das Airport-Gelände ist – und wieder spürst du die Sehnsucht, später einmal Pilot zu werden. Dann konzentrierst du dich wieder auf deine Aufgabe, auf dein Ziel. Dabei wird dir noch etwas ganz anderes bewusst: Du suchst die berühmte Stecknadel im Heuhaufen. Der Täter könnte sich sonst wo versteckt haben. Vielleicht fährt er auch mit dem Auto immer an neue Stellen und lässt von dort aus seine Drohne starten.

Nach einer Stunde überkommt dich eine gewisse Mutlosigkeit, aber du willst nicht aufgeben. Jedenfalls noch nicht.

Du radelst erst an Reihen- und dann an Hochhäusern vorbei. Nirgends siehst du jemanden auf einem Dach sitzen. Niemand hat eine Fernsteuerung in den Händen. Wäre ja auch zu schön gewesen.

Schließlich gelangst du in ein Gewerbegebiet. Dort liegt ein Fabrikgelände mit einigen halb verfallenen Hallen. Ein hoher Drahtzaun umschließt das Gelände, Schilder warnen vor unbefugtem Betreten. Hier arbeitet definitiv niemand mehr.

Hm, auf diesem Gelände könnte man sich sicher gut verstecken, um eine Drohne starten zu lassen …

Lies weiter auf Seite 103

Da rollt ein Auto heran. Es sind deine Eltern. Der Wagen ist ganz neu und der ganze Stolz von Mom und Dad.
„Magst du mit in den Wald?“, fragen sie dich.
„Wir wollen Pilze sammeln.“
Was? Das ist nicht ihr Ernst, oder?

„Lieb von euch“, sagst du und ringst dir ein Lächeln ab.
„Aber ich will lieber den Copter fliegen lassen.“
„Das habe ich mir gedacht“, sagt dein Dad. „Aber wir wollten dich wenigstens gefragt haben.“
Deine Eltern winken zum Abschied und fahren langsam weiter. Sie steuern auf den nahen Parkplatz am Waldrand zu.
Als sich das Auto entfernt, hast du plötzlich eine Idee. Ob deine Drohne schneller am Parkplatz ist? Immerhin kannst du sie querfeldein über den Acker sausen lassen. Deine Eltern würden garantiert staunen, wenn sie fixer ist als ihr neues Auto!

Wenn du das versuchst, lies weiter auf Seite 36

Wenn du es lässt, lies weiter auf Seite 80

Auch wenn es dir noch so schwerfällt, du bist ausnahmsweise mal folgsam und brav.

Brav … was für ein Ausdruck!

Du seufzt. Aber die beiden Männer sahen nicht so aus, als würden sie etwas gerne zweimal sagen.

Du fürchtest, dass sie deine schöne Drohne mit einem gezielten Schuss vom Himmel holen würden. Vielleicht bekämst du sogar noch eine Anzeige.

Also lässt du es lieber und überlegst, wie du den Vogel weiter beobachten kannst, ohne Ärger zu bekommen.

Lies weiter auf Seite 16

Du läufst also zur Polizei. Als du deine kurze Geschichte erzählt hast, meint der Beamte, der dir gegenübersitzt: „Mehr hast du nicht zu bieten?“

Du zuckst die Achseln.

„Das ist zu wenig“, sagt der Beamte. „Du erzählst mir von einem Mann, der eine Drohne fliegen lässt und einem Wohngebiet zu nahe gekommen ist. Klar, das gehört sich nicht, aber es ist überhaupt nicht gesagt, dass das irgendetwas mit dem Einbruch zu tun hat.“

Hinzu kommt, dass du den Mann nicht beschreiben kannst.

Der Polizist schickt dich nach Hause, und du kommst dir ein wenig doof vor.

Du nimmst dir vor, nicht mehr länger Detektiv zu spielen.

Tags darauf siehst du wieder eine Drohne über eurem Wohngebiet und hast ein mulmiges Gefühl. Was, wenn du mit deinem Verdacht doch richtigliegst? Aber du willst dich nicht noch einmal blamieren und unternimmst nichts.

In der nächsten Nacht gibt es ein Gewitter. Die Blitze und der ferne Donner sorgen dafür, dass du nicht schlafen kannst. Da vernimmst du ein Geräusch von unten. Was war das?

**Wenn du nachsiehst,
lies weiter auf Seite** 12

**Wenn du versuchst zu schlafen,
lies weiter auf Seite** 52

Das Rennen wird gefilmt, man wird die Highlights später sicherlich bei YouTube hochladen.
Man könnte dein Betrugsmanöver also durchaus bemerken – und daher lässt du es.
Hinter Marie wirst du nur Zweiter. Ihr gehört also die Prämie und nicht dir.
Aber du bist ein fairer Typ und gratulierst ihr zu ihrem Erfolg. Marie hat es schließlich auch verdient.
Später gehst du in dich. Willst du eigentlich noch weiter Rennen fliegen? Du hast heute schmerzlich erfahren, dass die Konkurrenz stark ist. Niederlagen tun weh. Das musst du dir eigentlich nicht antun. Außerdem wird bei jedem Rennen eine Startgebühr fällig. Keine Frage, das könnte früher oder später richtig teuer werden.

**Wenn du aussteigst,
lies weiter auf Seite** **105**

**Wenn du beim Rennsport bleibst
und weiter Geld investieren willst,
lies weiter auf Seite** **58**

Erneut schaust du über die Schulter. Kannst du den Polizeiwagen abhängen, zum Beispiel, indem du in einen schmalen Weg einbiegst, wo dir das Auto nicht mehr folgen kann?
Ja, das wäre eine Möglichkeit! Du blickst wieder in Fahrtrichtung und … bong, du bist gegen ein geparktes Auto gefahren! Du landest hart auf dem Asphalt, aber zum Glück bekommst du nur ein paar Schürfwunden an den Händen ab.
Schon ist der Polizeiwagen neben dir.

Die Beamten kümmern sich sehr nett um dich. Sie sind regelrecht besorgt, weil sie deinen Crash beobachtet haben. Aber natürlich fragen sie auch, warum du vor ihnen geflohen bist.
Da erzählst du ihnen die ganze Geschichte, und die Polizisten glauben dir alles. Sie lassen dich also laufen – allerdings musst du ihnen versprechen, dass du dich nie wieder in ihre Arbeit einmischst.
Das machst du nur zu gern.

Ende

Paul macht erst mal ganz auf unschuldig, aber du hast ja einen Beweis.
Doch Paul wehrt sich gegen deinen Erpressungsversuch: „Das Geld habe ich doch gar nicht, die Siegprämie hat schließlich mein Bruder bekommen!"
„Hat er von deiner Manipulation eigentlich gewusst?", fragst du.
„Nein, das ist allein auf meinem Mist gewachsen", gibt Paul zu. „Ich war sauer auf dich, weil du mich im Rennen geschlagen hast. Außerdem wollte ich, dass das Geld in der Familie bleibt."
„Es ist mir egal, wie und wo du das Geld auftreibst. Entweder bekomme ich es bis übermorgen, oder ich zeige dich an", machst du Paul klar.
Doch es läuft ganz anders, als du gedacht hast. In seiner Not wendet sich Paul nämlich an die Polizei. Zwar bringt er sich damit selbst in Bedrängnis, aber auch dich. Denn nun wird wegen Erpressung gegen dich ermittelt …

Ende

„Vergessen Sie es", sagst du zu dem ebenso eleganten wie fiesen Kerl und flitzt zu Jason.
Du erzählst ihm von dem Gespräch gerade eben.
Jason grinst. „Und das soll ich dir glauben? Du willst mich nur nervös machen, du Anfänger."
Wie bitte? Mit dieser blöden Reaktion hättest du nie im Leben gerechnet. Kopfschüttelnd lässt du Jason stehen.
Dann wird das Rennen gestartet. Wie erwartet, setzen sich Jason und Luca an die Spitze. Auf Platz drei ist eine gewisse Larissa.
Du bist nur Vierter und glaubst auch nicht, dass du es ganz nach vorn schaffen kannst. Die anderen sind einfach zu stark. Doch kurz vor dem Ziel kracht Larissa mit ihrem Copter in den von Jason. Die Racer taumeln unkontrolliert durch die Luft und erwischen auch noch Lucas Drohne! Was für ein Crash! Alle drei sind raus, und damit ist der Weg frei für dich!
Du wirst tatsächlich Erster und freust dich über die Prämie. Vermutlich hat der elegante Herr diese Larissa bestochen, damit sie Jason ausschaltet. Doch dass dabei auch Lucas Copter in Mitleidenschaft gezogen wird, war so sicher nicht geplant. Das alles kannst du nicht beweisen, aber freuen kannst du dich trotzdem.

Ende

Du beginnst, dich auf dem Rennplatz umzuhören. Du fragst andere Piloten, aber auch Zuschauer, die in der Nähe deiner Drohne gestanden haben, ob sie etwas Verdächtiges bemerkt haben.

Schließlich gerätst du an einen Jungen, der etwa zwölf Jahre alt sein mag und äußerst pfiffig wirkt.

„Ja, da war vorhin ein Typ an deiner Tasche", berichtet er.

„Okay, und wie sah der aus?"

Der Junge beschreibt ihn.

Paul, das muss Paul gewesen sein!, denkst du aufgrund dieser Beschreibung.

„Und was hat der Typ an meiner Tasche gemacht? Hat er die Drohne rausgeholt?", willst du wissen. „Daran herumgeschraubt?"

„Hm, weiß nicht", erwidert der Junge. „So genau habe ich dann doch nicht hingeschaut."

Du bedankst dich bei ihm.

Wenn du Paul mit den Beobachtungen des Jungen konfrontierst, lies weiter auf Seite 107

Wenn du lieber weiter nach einem handfesten Beweis suchst, lies weiter auf Seite 82

Drohnenrennen werden immer beliebter, seit einigen Jahren gibt es auch Wettbewerbe. Große Firmen sponsern Teams und Einzelsportler mit richtig viel Geld! Da darfst du nicht fehlen.

Bevor du in den Rennsport einsteigst, kaufst du dir eine Renndrohne, die über hundertsechzig Stundenkilometer schnell wird und in eins Komma acht Sekunden von null auf hundert beschleunigt. Was für ein Geschoss!

Natürlich leistest du dir auch eine sogenannte FPV-Brille. Setzt du sie auf, siehst du alles mit den „Augen" der Drohne. In einem aberwitzigen Tempo schießt die Landschaft unter dir vorbei. Du fühlst dich wie ein Vogel! Das ist einfach nur irre. Deine Ersparnisse sind weg, aber die Investition hat sich wirklich gelohnt.

Vor einem richtigen Rennen musst du aber erst einmal hart trainieren. Und das tust du auch. Du lernst, Hindernisse sehr eng und ohne Zeitverlust zu umkurven und punktgenau zu landen. Du musst immer wahnsinnig konzentriert sein und blitzschnell reagieren.

Allmählich wirst du immer besser und bist schließlich bereit für dein erstes Turnier, das von einem großen Autohaus veranstaltet wird.

Auf einem Feld stehen mehrere Hindernisse, die möglichst schnell umkurvt werden müssen. Es gibt Tore, durch die man hindurchfliegen, oder Pfeiler, um die man herumschießen muss. Etwa zweitausend Zuschauer sind gekommen, stellst du überrascht fest.

Lies weiter auf Seite **71**

52

Du steckst den Kopf unter das Kissen. Jetzt macht dir das Gewitter nicht mehr viel aus – und die Geräusche aus dem Haus vernimmst du auch nicht mehr.

Kurz darauf fällst du in einen seligen Schlummer.

Am nächsten Morgen folgt der Schock. In euer Haus ist während des Gewitters eingebrochen worden! Viele Wertsachen sind weg …

Du bekommst ein ganz schlechtes Gewissen. Die verdächtigen Geräusche in der Nacht …

Hättest du doch nur Alarm geschlagen!

Du erzählst lieber niemandem etwas davon …

Ende

Du drückst den Joystick nach hinten, und dein Copter schießt nach oben. Voller Angst siehst du, wie die weiße Drohne unter dir hindurchfliegt. Das war wirklich verdammt eng!

Es gelingt dir, den Angreifer abzuhängen. Sicher landet die Drohne vor deinen Füßen.

Das ist ja noch mal gut gegangen, denkst du erleichtert. Dabei wirfst du einen sorgenvollen Blick zur Siedlung. Die aggressive Drohne fliegt noch immer über den Häusern. Ganz schön dreist.

Aber das wird jetzt ein Ende haben, nimmst du dir vor …

Lies weiter auf Seite **84**

Doch weit kommst du nicht. Dir tippt jemand auf die Schulter. Du wirbelst herum: Es ist ein dicker, großer Mann mit einem abgrundtief hässlichen Hund, der extrem sabbert.
„Was hast du hier verloren, Kleiner?“, fragt der Mann.
„Äh, nichts“, stammelst du.
„Und was ist in der Tasche, hä?“
„Das geht Sie nichts an“, antwortest du mutig.
Der dicke Mann verzieht das Gesicht, als habe er Zahnschmerzen. „Und ob mich das was angeht.“ Er greift nach deiner Tasche.
Doch du bist schneller, packst die Tasche mit deinem Heiligtum – der Drohne – und flitzt davon. Da hörst du das Bellen eines Hundes.
Im Sprint drehst du dich um, und deine schlimmsten Befürchtungen werden wahr: Der Mistkerl hetzt den hässlichen Köter auf dich!
Doch du hast Glück: Der Hund verjagt dich nur, er beißt dich nicht.
Nie wieder wirst du dich diesem Hof nähern, nie wieder Detektiv spielen.

Ende

Du lässt die Drohne vor dir landen, steckst sie rasch in die Tasche und springst auf dein Rad.

Oje, der Verdächtige hat schon einen großen Vorsprung! Zum Glück ist das Gelände flach, du hast eine gute Fernsicht. Du gibst mächtig Gas und hast nach wenigen Minuten das Gefühl, dass du dem Mann näher kommst. Du holst ihn langsam ein.

Jetzt erreicht er eine Schrebergartensiedlung und verschwindet darin. Du stoppst am Eingang. Mist, von dem Kerl ist nichts mehr zu sehen!

Aber du hast ja noch die Drohne. Mit der könntest du einen Erkundungsflug machen. Doch auch hier darfst du sie nicht fliegen lassen – und die Besitzer von Schrebergärten gelten als sehr wachsam. Du müsstest mit einer Anzeige rechnen …

Wenn du es jetzt gut sein lässt, um keinen Ärger zu riskieren,
lies weiter auf Seite **81**

Wenn du die Verfolgung fortsetzt,
lies weiter auf Seite **13**

Du bleibst wachsam und kehrst immer wieder zu dem Acker zurück, wo du den Fremden mit der weißen Drohne gesehen hast. Aber der große Mann lässt sich dort nicht blicken.
Eines Tages schnappst du dir wieder dein neues Lieblingsspielzeug und fährst mit dem Fahrrad zum nahen Feld.
Unterwegs hörst du das charakteristische Surren. Eine Drohne! Du schaust nach oben. Da fliegt ein Copter über dich hinweg zu eurer Siedlung. Ein weißer Copter. Dein Herz macht einen Sprung – ob das die Drohne von dem großen Mann ist? Bestimmt!, glaubst du.

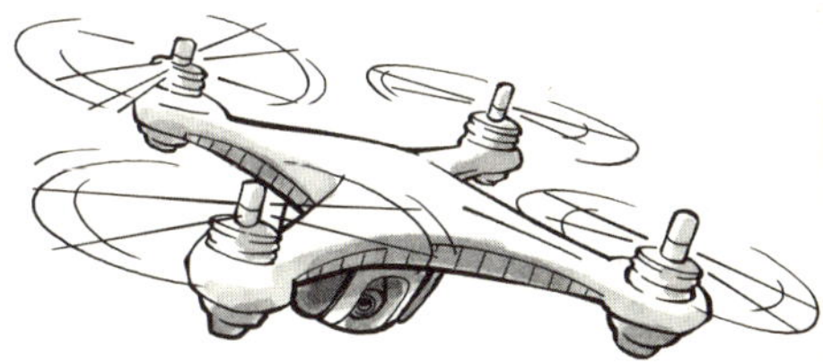

Wenn du sofort die Polizei alarmierst,
lies weiter auf Seite **84**

Wenn du deine eigene Drohne aufsteigen lässt,
um den weißen Copter zu vertreiben,
lies weiter auf Seite **10**

Du arbeitest hart an dir und verbesserst deine Skills. Nach zwei Monaten fühlst du dich bereit für eine neue Herausforderung – für das nächste Rennen. Wieder hat ein Sponsor die Siegprämie ausgelobt. Diesmal sind es sogar zweitausend Euro. Dafür ist die Startgebühr mit fünfzig Euro auch höher. Freudig überrascht stellst du fest, dass Marie wieder dabei ist. Erneut zieht das Spektakel viele Fans an. Der Drohnenrennsport wird wirklich immer beliebter, stellst du mit einer gewissen Genugtuung fest. Neu ist diesmal, dass auf den Ausgang der Rennen gewettet werden kann.
Marie erklärt dir, dass ein gewisser Jason – ein superarroganter Kerl – der haushohe Favorit ist. Auf ihn wurde am meisten Geld gesetzt. Auf der Liste der Favoriten steht weit abgeschlagen in der Gunst der Wettfreunde ein gewisser Luca.
Die Qualifikation meisterst du mit Bravour und stehst im Finale. Marie scheidet jedoch im Vorlauf aus. Wie schade!
Da tritt ein elegant gekleideter Mann an dich heran und sagt: „Du hast sowieso keine Chance im Finale, Kleiner. Aber du könntest dir dennoch zweitausend Euro verdienen. Du musst mir nur einen kleinen Gefallen tun …“

Wenn du dir das mal anhörst,
lies weiter auf Seite **85**

Wenn du ablehnst,
weil das garantiert etwas Kriminelles ist,
lies weiter auf Seite **11**

Trotz des Verbots lässt du die Drohne wieder steigen und steuerst sie zu dem hohen Felsen. Dein Bauchgefühl sagt dir, dass der Typ nichts Gutes im Schilde führt.
Über das Handy siehst du das, was die Kamera an deinem Copter sieht: einen bärtigen Mann um die dreißig Jahre in grauen Klamotten. Er hat sich wirklich gut getarnt.
Er schlägt nach dem Adlerweibchen, das tatsächlich flieht.
Was für ein Mistkerl!, denkst du wütend.
Schon greift der Bärtige in den Horst, in dem zwei Eier liegen.

Wenn du den Dieb filmst,
um das Material später der Polizei zu geben,
damit sie ihn überführt,
lies weiter auf Seite **22**

Wenn du versuchst,
den Kerl mit deiner Drohne zu vertreiben,
lies weiter auf Seite **102**

Die Beamten wollen deinen Ausweis sehen. Kein Problem, du ziehst ihn aus dem Geldbeutel.
„Ganz schön blass bist du", sagt der Polizist, nachdem er dir den Ausweis zurückgegeben hat. „Ist irgendetwas?"
Du schaffst es gerade mal, den Kopf zu schütteln.
„Was ist in der Tasche?", will der Beamte als Nächstes wissen. Während du noch nach einer superschlauen Antwort suchst, beugt sich der Mann hinab, öffnet die Tasche … und findet natürlich die Drohne.
„Das ist ja ein Ding", sagt er in schneidendem Tonfall. „Was hattest du mit der Drohne vor?"

**Wenn du sagst,
dass du den Erpresser enttarnen wolltest,
lies weiter auf Seite** **94**

**Wenn du behauptest,
gar nichts mit der Drohne vorgehabt zu haben,
lies weiter auf Seite** **106**

Mom nickt und legt deinem Dad eine Hand auf die Schulter. „Der Mistkerl wird geschnappt! Dann muss er seinen Führerschein abgeben und natürlich den Schaden begleichen!"

„Hoffentlich", sagt dein Dad leise.

Bei der Polizei werden deine Aufnahmen ausgewertet. Der Opel hat einen Aufkleber auf der Heckscheibe, der den Besitzer als Schalke-Fan ausweist. Doch dummerweise ist das Kennzeichen des Opels nicht zu erkennen.

„Tja", sagt der Beamte. „Das könnte schwierig werden. Graue Opel gibt es viele – und Schalke-Fans auch."

Fünf Tage vergehen und vom Täter fehlt noch immer jede Spur. Allerdings hast du das Gefühl, dass die Beamten der Sache auch nicht allzu viel Bedeutung beimessen und nicht mit Vollgas ermitteln. Die Polizisten haben vermutlich Wichtigeres zu tun …

In der Zwischenzeit ist das Auto deiner Eltern repariert worden. Dreitausend Euro hat das gekostet.

Wieder fragt dein Dad bei der Polizei nach. Aber es ist sinnlos.

„Wir melden uns bei Ihnen, wenn wir ihn haben", heißt es.

Das ist alles sehr enttäuschend. Dir tun deine Eltern leid, vor allem dein Dad.

Wenn du der Meinung bist,
dass man das nicht ändern kann,
lies weiter auf Seite **105**

Wenn du selbst Nachforschungen anstellst,
lies weiter auf Seite **96**

62

Im Rücken des Verdächtigen schleichst du zu dessen Häuschen. Auch sein Gesprächspartner am Zaun bemerkt dich nicht.

Jetzt bist du an der Tür und ziehst sie auf. Sie quietscht fürchterlich, und dein Herzschlag setzt einen Moment aus.

Du spähst um die Ecke zum Zaun. Die Männer haben offenbar nichts mitbekommen. Zum Glück.

Weiter!

Du dringst in das Holzgebäude ein und durchsuchst die drei Räume. Im furchtbar unordentlichen Schlafzimmer wirst du schließlich fündig: Hier sind diverse Fernseher, Konsolen und andere technische Geräte in einem Kleiderschrank gestapelt. Diese Dinge stammen garantiert aus Einbrüchen!

Du flitzt aus dem Häuschen und alarmierst die Polizei.

Keine zehn Minuten später klicken die Handschellen.

Tags darauf erfährst du, dass die Elektronikgeräte tatsächlich aus Einbrüchen aus eurem Viertel stammen.

Du bist ein Held!

Ende

Für deine Nachforschungen müsstest du auf dem Gelände herumschnüffeln. Und das könnte für eine Menge Ärger sorgen. Du würdest dich schon bei deinem ersten Rennen unbeliebt machen. Darauf hast du keine Lust.

Aber du hast auch keine Lust mehr auf die Rennfahrerszene. Da lässt du deinen schönen Racer nach der notwendigen Reparatur doch lieber allein irgendwo fliegen. Dort, wo ihn niemand sabotieren kann. Dort, wo es keinen Stress gibt.

Lies weiter auf Seite 43

Dein Kidnapper hat zwar deine Tasche durchwühlt und dir das Handy abgenommen, der Drohne samt Fernsteuerung aber keine Bedeutung beigemessen. Wie dumm von ihm – und was für eine Chance für dich! Zwar ist das Fenster so klein, dass du niemals hindurchpassen würdest, aber der Copter tut es.

Du findest eine alte Zeitung in dem Kellerraum, reißt ein Stück ab und schreibst darauf, dass du entführt wurdest und wo du dich befindest.

Mit einem Schnürsenkel befestigst du den Hilferuf an der Drohne, öffnest das kleine Fenster und lässt den Copter fliegen. Du steuerst ihn in Richtung Heimat. Klar, nach einer gewissen Zeit beziehungsweise Entfernung wird der Funkkontakt abreißen und die Drohne abstürzen. Du kannst nur hoffen, dass das jemand sieht, die Drohne aufhebt und deine Nachricht findet.

Eine halbe Stunde passiert nichts. Doch dann stürmen plötzlich Polizisten herein und befreien dich!

Ein Spaziergänger hat die Drohne mit deinem Hilferuf gefunden und die Beamten eingeschaltet. Ein Glück!

Und so ganz nebenbei hast du dafür gesorgt, dass der Typ, der das Auto deiner Eltern demoliert hat, geschnappt wird. Später erfährst du, dass es sich bei dem Kerl um einen mehrfach wegen Entführung vorbestraften Mann handelt.

Ende

Du hast große Sorge, dass man dir die Drohne abnehmen könnte, wenn man dich erwischt. Vielleicht musst du sogar ein Bußgeld bezahlen. Nee, bloß nicht!
Also kramst du das alte Fernglas hervor, das du irgendwann mal zu Weihnachten von Opa geschenkt bekommen und kaum benutzt hast.
Jetzt könnte es dir gute Dienste leisten, hoffst du, als du zur nahen Hochhaussiedlung radelst.
Du wählst das höchste Gebäude. Doch da musst du erst mal reinkommen. Ganz lässig drückst du mit beiden Händen gleichzeitig auf möglichst viele Klingeln. Irgendjemand wird schon aufmachen.
Das klappt tatsächlich. Du flitzt zum Aufzug. In diesem Moment geht die Tür zu der direkt danebenliegenden Wohnung auf. Eine kleine alte Frau mit einer großen Warze mitten auf der Nase schaut dich misstrauisch an. „Wo willst du denn hin, junger Mann?"
„Äh, zu Familie Müller", flunkerst du.
„Wohnt hier nicht. Und jetzt verschwinde, du Lümmel!", keift die Frau.
Schnell verkrümelst du dich. Und jetzt?

Wenn du einen zweiten Anlauf wagst, weil dieses Haus das höchste weit und breit ist, lies weiter auf Seite **40**

Wenn du ein anderes Hochhaus suchst, lies weiter auf Seite **37**

„Tut mir leid. Ich war sauer über eine Mathearbeit, in der ich heute eine Fünf bekommen habe, und wollte mich abreagieren", sagst du und tust zerknirscht. „Ich werde den Schaden wiedergutmachen. Ich habe nur leider kein Geld dabei, aber das kann ich von zu Hause holen. Lassen Sie mich bitte gehen, damit ich es Ihnen bringen kann."

Ein kurzes Zögern. Du schaust den Kerl an. Er zeigt keine Regung. Hat deine Story ihn überzeugt?

„Weißt du was? Ich glaube dir kein Wort", knurrt er. „Du bist ein kleiner Schnüffler. Komm mal schön mit."

„Was haben Sie vor?", fragst du voller Angst.

„Klappe halten!"

Der widerliche Typ treibt dich vor sich her.

Oh Gott, was wird das? Dich überkommt Panik. Das geht nicht gut aus, ahnst du. Es sei denn, du unternimmst etwas.

Du bückst dich und tust so, als ob du deinen Schnürsenkel binden würdest.

„Los, weiter!", blafft dich der Typ an.

Da packst du in die Erde und schleuderst ihm eine Handvoll ins Gesicht. Der Kerl schreit auf, du springst hoch und schlägst ihm das Gewehr aus der Hand. Du schnappst dir die Waffe und rennst davon.

Nach einem energischen Sprint rufst du die Polizei, die den Mann verhaftet. Es handelt sich um einen gesuchten Schwerverbrecher, der sich in dem alten Hof versteckt hatte. Natürlich muss er auch für den Schaden am Auto deiner Eltern aufkommen. Von allen Seiten wirst du gelobt!

Ende

68

Du läufst neben der Straße her und kundschaftest die Umgebung immer mal wieder mit der Drohne aus – jedoch nicht ständig, um die Akkus des Copters zu schonen.
Irgendwann erreichst du ein Dorf, dann das nächste. Aber nirgendwo ist ein grauer Opel zu sehen.
Du ahnst, dass du nur Zeit verschwendest. So ein Mist! Aber du bist nicht der Typ, der so schnell aufgibt. Du hast ja noch eine zweite Möglichkeit …

Lies weiter auf Seite 18

Du ziehst die Datei auf dein Handy und verabredest dich mit den beiden Brüdern in einem Schnellimbiss. Dort konfrontierst du sie mit deinen Vorwürfen.
Marco fällt aus allen Wolken. Und Paul? Der streitet alles ab. Da zeigst du ihnen das Video auf deinem Handy.
Jetzt bleibt Paul nichts anderes übrig, als den Betrug zu gestehen. Er wollte sich für die erlittene Niederlage gegen dich rächen und seinem Bruder einen Vorteil verschaffen.
Marco ist fassungslos und stinksauer auf Paul. Er hatte von alldem nichts gewusst.
Er verspricht, dass er dir das zu Unrecht erhaltene Preisgeld überlässt.
Du freust dich über die Gage und vergisst auch nicht, den USB-Stick zurückzugeben.

Ende

Lass ihn labern, denkst du dir und konzentrierst dich aufs Finale.

Zwei Stunden später ist es so weit: Du bist megagut drauf, voller Zuversicht, voller Power. Es kann nur einen geben und der wird Tim heißen. Nur, damit das mal klar ist.

Doch diesmal versemmelst du den Start, kommst erst als Letzter los. Aber du wärst nicht Tim, wenn du damit nicht fertigwerden würdest. Schon in der ersten Runde schiebst du dich auf den dritten Platz vor. Am Dreieck kannst du den nächsten Piloten versägen und bist nun schon Zweiter.

Haha, jetzt machst du den Triumph perfekt, nimmst du dir vor. Ruhig, ganz ruhig lenkst du trotz des Höllentempos deine Renndrohne. Wie ein Musiker die Saiten seines Instruments streichelt, so streichelst du die Joysticks. Mit unendlich viel Gefühl und Präzision lenkst du deine Maschine durch den anspruchsvollen Parcours. Aber der in Führung liegende Copter will dich nicht vorbeiziehen lassen. Du hast es mit einem wirklich guten Gegner zu tun!

Dann hilft nur noch eines, denkst du, als du auf gleicher Höhe bist – ein kleines schmutziges Manöver, das dir ja schon einmal gegen Paul geholfen hat. Doch diesmal weicht der andere nicht aus und es kommt zum Crash. Oh nein, beide Maschinen zerschellen auf dem Boden! Der Weg ist frei für den Drittplatzierten. Er gewinnt, während du die Trümmer deiner schönen Drohne einsammelst …

Ende

Geboten werden Drag Races, bei denen jeweils sechs Drohnen gleichzeitig auf der Strecke sind. Da es insgesamt dreißig Piloten gibt, sind es erst einmal fünf Rennen. Die jeweils Schnellsten qualifizieren sich fürs Finale. Und wer das gewinnt, erhält tausend Euro Preisgeld! Drag Races garantieren jede Menge Action, weil sich die Drohnen empfindlich nahe kommen – vor allem an den Engstellen des Parcours. Die Kohle gehört dir, nimmst du dir fest vor.

Doch du musst erst einmal fünfundzwanzig Euro Startgebühr zahlen und dein Quali-Rennen gewinnen. Dreimal müssen eure Drohnen, die alle die gleiche Leistung bringen, damit niemand einen technischen Vorteil hat, durch den zweihundert Meter langen Parcours mit verschiedenen Hindernissen jagen: einen Tunnel, Pylonen, Haarnadelkurven und ein Dreieck, das mittig durchflogen werden muss. Ein junger Typ vom Veranstalterteam filmt alles. Schon beginnt dein Rennen. Du erwischst einen sensationellen Start von deiner kleinen, leicht nach oben geneigten Rampe und heizt voll konzentriert durch die Hindernisse. Schnell liegst du vorn, doch ein anderer Pilot namens Paul sitzt dir im Nacken. In der letzten Runde taucht er aus deinem Windschatten auf und ist auf gleicher Höhe. Nebeneinander schießt ihr auf das vorletzte Hindernis zu – das Dreieck aus Stahlrohren. Ihr müsst hindurch, sonst werdet ihr disqualifiziert!

**Wenn du zu verhindern versuchst, dass dein Gegner Paul als Erster durch das Dreieck fliegt,
lies weiter auf Seite** **27**

**Wenn du fair bleibst,
lies weiter auf Seite** **104**

Durch ein nur angelehntes Tor gelangst du in die riesige, vollkommen leere Halle. Du lauschst, schaust dich um. Kein Hund in der Nähe. Sein Bellen klingt gedämpft von draußen herein. Gut. Weiter.
Durch zerborstene Fenster fällt Licht auf den dreckigen Boden. Hinten führen Treppen nach oben sowie nach unten in einen Keller. Links ist ein Aufzugsschacht zu sehen. Du läufst in Richtung Treppe, willst nach oben schleichen – schließlich vermutest du den Erpresser genau dort.
Als du nur noch wenige Schritte von den Stufen entfernt bist, hörst du ein sehr vertrautes Geräusch: eine Drohne. Hinter dir! Du drehst dich um. Ein großes Exemplar schießt auf dich zu!
Oh nein, der Täter macht mit dieser Drohne Jagd auf dich!

Wenn du die Tasche mit deinem eigenen Copter hochreißt, um die andere Drohne abzuwehren, lies weiter auf Seite 32

Wenn du versuchst, die Treppe zu erreichen, um dich im Keller zu verstecken, lies weiter auf Seite 115

Im Flüsterton informierst du die Beamten. Die versprechen, gleich zur Schrebergartenkolonie zu kommen.

Das tun sie auch. Allerdings mit Sirene und allem Drum und Dran. Dadurch ist der Verdächtige natürlich gewarnt. Er sprintet zu seinem Mountainbike und tritt kräftig in die Pedale.

Du ahnst, dass ihm die Flucht glücken könnte, und schickst ihm die Drohne hinterher.

Als die Polizisten beim Häuschen ankommen, kannst du ihnen zumindest sagen, in welche Richtung der Verdächtige unterwegs ist.

Die Beamten nehmen die Verfolgung auf.

Wenig später erfährst du, dass der Mann geschnappt werden konnte. In seinem kleinen Häuschen wird jede Menge Diebesgut gefunden! Dank dir wurde der Einbrecher überführt.

Ende

Besonders vertrauenserweckend sieht das alte Ding leider nicht aus. Aber genau das könnte ein Grund sein, warum der Erpresser sich den Turm ausgesucht hat, um seine Drohne fliegen zu lassen: Dort vermutet ihn niemand.

Ob du auf dem Turm eine Spur findest, die zum Täter führt? Eine Zigarettenkippe wie im Sonntagabendkrimi? Deine Neugier ist geweckt und du kannst gar nicht anders, als hinaufzusteigen.

Du überwindest die Absperrung, ignorierst die Warnschilder und legst los. Eine morsche Treppe führt innen im Turm zur Aussichtsplattform.

Doch nach nur wenigen Metern geschieht es: Eine der alten Holzstufen gibt unter deinem Gewicht nach, und du stürzt ab!

Beim Aufprall brichst du dir ein Bein. Tut das weh!

Mit deinem Handy rufst du Hilfe, wirst in ein Krankenhaus gebracht und operiert.

Das war dir eine Lehre. Die Jagd nach dem Erpresser überlässt du ab jetzt den Profis.

Ende

Du schleichst noch näher heran. Jetzt hast du die Scheune erreicht, die ebenfalls ziemlich altersschwach aussieht, und peilst die Lage. Niemand ist zu sehen. Gut. Geduckt pirschst du zu dem Tor und ziehst am Griff. Verschlossen. Na klar …
Aber du gibst nicht auf und umrundest die Scheune. Dabei entdeckst du ein staubbedecktes Fenster und spähst hindurch. Da steht der Wagen! Weil die Scheibe so schmutzig ist, kannst du jedoch nicht sehen, ob ein Schalke-Aufkleber den Wagen ziert. Dir fehlt also immer noch die letzte Gewissheit, dass es das richtige Auto ist.
Anders ausgedrückt: Du musst in die Scheune hinein.

**Wenn du die Scheibe einschlägst,
lies weiter auf Seite** 95

**Wenn du nach einer anderen Möglichkeit suchst,
lies weiter auf Seite** 76

Wie wäre es mit dem Dach? Nachdem du ein paar Schritte zurückgemacht hast, erkennst du, dass da oben ein Fenster eingebaut ist – und dieses Fenster steht einen Spalt offen. Das wäre doch eine Möglichkeit. Du musst nur irgendwie da raufkommen.

Ha, da ist eine Wassertonne, zu der das Fallrohr einer Regenrinne führt. Du stellst die Tasche mit deiner Drohne ab, steigst auf die Tonne, packst das Rohr und ziehst dich daran hinauf. Oje, das alte Ding wackelt furchtbar.

Pling! Das war eine Schraube, die aus einer der rostigen Metallschellen herausschoss, mit dem das Rohr an der Außenwand der Scheune fixiert ist.

Aber du schaffst es, bist eine Minute später auf dem Dach. Das Fenster lässt sich mühelos öffnen. Du blickst hinunter auf allerlei Gerümpel – und den Opel. Doch die Heckscheibe, auf der der Schalke-Aufkleber prangen könnte, kannst du von deinem Standort aus nicht sehen. Also musst du runter.

Als du springen willst, bemerkst du einen fetten Kater, der heranschleicht, den Kopf in den Nacken legt und dich anfaucht. Er fährt die Krallen aus und macht einen imposanten Buckel. Kann das Biest dir gefährlich werden?

**Wenn du lieber abhaust,
lies weiter auf Seite** **98**

**Wenn du in die Scheune eindringst,
lies weiter auf Seite** **26**

Das wollen wir doch mal sehen!, sagst du dir, während das Adrenalin durch deinen Körper schießt. Du bist schließlich kein Anfänger mehr!

Du weichst der Attacke aus, verblüffst den anderen Drohnenpiloten mit ein paar halsbrecherischen Manövern und treibst das Ding schließlich aus der Siedlung.

Der weiße Copter flieht zum Feld, auf dem auch du stehst.

Aha, der geheimnisvolle Pilot, der vielleicht ein Einbrecher ist, muss ganz in der Nähe sein.

Nur wo? Etwa hinter dem hohen Windrad?

Du weißt es nicht und konzentrierst dich lieber ganz auf die Jagd. Jetzt holst du die weiße Drohne ein! Yes!

Sollst du ihr einen kleinen Kick verpassen, damit das Ding abstürzt?

Wenn du das tust,
lies weiter auf Seite **15**

Wenn dir das zu riskant ist,
lies weiter auf Seite **29**

Du jagst zum dritten und letzten Mal durch den Tunnel. Mist, warum macht das Mädchen keinen Fehler? Marie scheint ähnlich nervenstark zu sein wie du.
Die anderen Finalisten habt ihr bereits ein Stück hinter euch gelassen. Das wird ganz offensichtlich ein Zweikampf um die Prämie.
Marie bleibt vor dir, aber sie hat nur etwa einen halben Meter Vorsprung. Und jetzt kommt das letzte Hindernis auf dem Weg zum Triumph: ein Pfosten, den ihr möglichst eng umkurven müsst.
Plötzlich hast du eine Idee: Und wenn du einfach innen dran vorbeischießt – statt außen, wie verlangt?
Das wird bei eurem hohen Tempo vermutlich niemand bemerken, oder?

Wenn du es innen versuchst,
lies weiter auf Seite 113

Wenn du die vorgeschriebene Strecke wählst,
lies weiter auf Seite 46

Ein paar Tage später gibt es Alarm am Flughafen, in dessen Nähe du wohnst. Der Flugbetrieb wird lahmgelegt, weil eine Drohne über die Start- und Landebahn saust. Folge: Flugausfälle, Chaos am Airport. Erst nach fünf Stunden können wieder die normalen Maschinen starten und landen. Noch den ganzen Tag gibt es Verspätungen. Der Drohnenbesitzer, der das ganze Durcheinander angerichtet hat, kann nicht ermittelt werden.

Zwei Tage später dasselbe Spiel! Wieder düst eine Drohne übers Rollfeld, wieder kommt es zu massiven Behinderungen. Der wirtschaftliche Schaden, der dadurch entsteht, ist enorm. Abermals wird der Drohnenpilot nicht geschnappt.

Nach dem dritten Zwischenfall dieser Art ist allen klar, dass Absicht dahintersteckt.

„Da hat sich niemand verflogen“, sagst du zu deinen Eltern beim Frühstück.

Deine Mom nickt. „Sicher nicht. Aber die Polizei scheint im Dunkeln zu tappen. Vom Täter fehlt jede Spur, habe ich heute Morgen im Radio gehört.“

Nach der Schule klickst du dich durch die Nachrichten im Internet und liest alles über die Drohnenattacken auf den Airport.

In den Medien wird spekuliert: Sind es Umweltaktivisten, die den Airport lahmlegen wollen, damit es ruhiger wird? Oder ist es ein Erpresser, der Geld will, damit er seine Attacken unterlässt und der Flugbetrieb wieder normal läuft? Die Polizei hüllt sich in Schweigen.

Lies weiter auf Seite 19

Es reicht!, denkst du dir und ziehst dich zurück. In den nächsten Tagen bist du immer wieder auf dem Feld, um mit deiner Drohne zu üben.
Den Verdächtigen mit der weißen Drohne siehst du nie wieder. Es gibt auch keine Einbrüche mehr.
Tja, wenn der Kerl wirklich ein Einbrecher war, dann hast du ihn vielleicht vertrieben.
Das ist ein echt gutes Gefühl.

Ende

Du hörst dich weiter um, aber das bringt dich nicht voran. Niemand hat gesehen, dass Paul an deinem Copter herumgefummelt hat.
Das war wohl nichts, denkst du enttäuscht. Du hockst neben deiner Drohne und grübelst nach. War es wirklich Paul? Falls ja, wie kannst du ihn überführen?
Plötzlich hast du eine Eingebung. Da lief doch so ein junger Typ rum, der alles gefilmt hat. Vermutlich, um es noch heute bei YouTube hochzuladen. Vielleicht hat er auch zufällig gefilmt, wie Paul sich an deiner Drohne zu schaffen macht!, denkst du und springst auf.
Das ist nur eine schwache Hoffnung, aber immerhin.
Nach einigem Suchen findest du den jungen Mann. Er sitzt in einem kleinen Zelt am Laptop und studiert gerade seine Filmaufnahmen.
Du erklärst ihm, was du von ihm willst.
Der junge Mann tippt sich an die Stirn. „Vergiss es, das ist doch völlig absurd. Ich kenne Paul, der würde so etwas nie machen."

**Wenn du einsiehst,
dass deine Nachforschungen nichts bringen,
lies weiter auf Seite** **23**

**Wenn du nicht lockerlässt,
lies weiter auf Seite** **100**

Du gerätst in Panik und trittst in die Pedale. Zack, schon bist du an den verdutzten Polizisten vorbeigeflitzt!
„He Junge, mach keinen Unsinn!“, rufen sie dir nach.
Du schaust über die Schulter und siehst, wie die Polizisten wieder in den Wagen springen.
Die werden dich verfolgen!
Na, was denn auch sonst?, schießt es dir durch den Kopf, während du verbissen weiterstrampelst.
Durch deine Flucht hast du dich doch erst recht verdächtig gemacht!

Du gelangst zu einer Kreuzung. Rechts geht es zum Flughafen, links zu einem kleinen Waldgebiet mit einem Aussichtsturm.

Wenn du nach rechts abbiegst,
lies weiter auf Seite **47**

Wenn du zum Turm radelst,
lies weiter auf Seite **88**

Mit deinem Handy alarmierst du schnell die Polizei und deine Eltern, während die weiße Drohne ihre Bahnen über eurer Siedlung zieht.

Du hältst Ausschau nach dem großen Mann, kannst ihn aber nicht entdecken. Er muss sich irgendwo versteckt haben – zum Beispiel hinter dem hohen Windrad ganz in der Nähe.

Zwei Minuten später siehst du, wie ein Polizeiwagen in eure Siedlung einbiegt.

Und die weiße Drohne? Die kreist noch immer über eurer Siedlung. Doch unvermittelt schießt sie davon, und du ahnst, dass der Besitzer den Polizeiwagen entdeckt hat. Ist ja auch nicht allzu schwer aus der Luft …

Da dämmert es dir, dass es keine so gute Idee war, die Beamten zu alarmieren.

Stimmt, denn die weiße Drohne taucht nie wieder über eurer Siedlung auf. Immerhin: Die Gefahr scheint für eure Häuser gebannt zu sein, aber es wäre noch besser gewesen, den Drohnenbesitzer zu stellen. Denn nur wenige Tage später werden erneut Einbrüche gemeldet – in einer anderen Gegend der Stadt. Und wieder haben Anwohner eine weiße Drohne bemerkt …

Ende

„Es ist ganz einfach", erklärt der Mann dir. „So gut wie alle setzen ihr Geld auf Jason. Er ist der Favorit. Ich werde jedoch auf einen anderen Piloten setzen: zehntausend Euro auf diesen Luca. Deine Aufgabe: Du schießt Jason kurz vor dem Ziel von der Strecke. Dann wird Luca gewinnen. Ich kassiere bei den Wetten groß ab und du bekommst die zweitausend Euro."
Du bist entsetzt. Das darf doch wohl nicht wahr sein! Was für eine miese Masche!
Andererseits: Mit zweitausend Euro könntest du eine Menge anfangen. Deine Attacke gegen Jason könnte wie ein Unfall aussehen oder wie ein missglücktes Manöver. Soll ja vorkommen im Eifer des Gefechts …

Wenn du dich auf den miesen, aber lukrativen Deal einlässt, lies weiter auf Seite 109

Wenn du lieber Jason warnst, lies weiter auf Seite 49

Du machst die Drohne startklar und lässt sie fliegen. Wo ist der Hund? Du hoffst, dass er in einer der angrenzenden Hallen ist und dich nicht stört, wenn du dich in der großen Halle umschaust.

Gebannt verfolgst du über dein Handy den Weg des Copters, den du flach über dem Boden fliegen lässt. Und plötzlich ist er

da, der große Schäferhund! Er schießt hinter einer Ecke hervor und stürzt sich auf die Drohne. Das Tier packt sie und verbeißt sich regelrecht in deinem wunderschönen Spielzeug. Oh nein!

Schon wird der erste Rotor abgerissen, was den Köter nur noch mehr anstachelt, sein zerstörerisches Werk fortzusetzen. Und du? Dir fällt ein, dass der elende Hund noch Hunger haben könnte – und zwar auf richtiges Fleisch. Auf dein Fleisch!

Also ergreifst du die Flucht. Das entgeht dem Hund nicht, zumal er mit deiner Drohne fertig ist. Er jagt dir hinterher, aber du bist zum Glück schneller am Loch im Zaun, kannst dich hindurchquetschen, auf dein Rad springen und entkommen.

Das ging ja noch mal gut, zumindest für dich. Aber deine Drohne ist nur noch Konfetti. Nach diesem schmerzlichen Verlust lässt du das Detektivspielen lieber sein. Allerdings erzählst du der Polizei von deinem Verdacht – und tatsächlich wird der Erpresser in der Halle gefunden und verhaftet. Also hast du doch entscheidend zur Festnahme beigetragen!

Ende

Wow, das könnten wirklich sensationelle Bilder werden! Vom Tempo her hältst du mühelos mit dem Adler mit. Du fliegst etwas über ihm, damit er immer gut im Bild ist.

„He!", brüllt da plötzlich jemand hinter dir. „Hol sofort das blöde Ding vom Himmel, sonst machen wir das!"

Wie bitte? Was ist denn das für eine Ansage?

Du drehst dich um. Zwei grün gekleidete Männer sind hinter dir aufgetaucht. Beide haben Gewehre. Es müssen Jäger oder Förster sein.

„Bist du deppert, einen Adler zu verfolgen?", brüllt dich der eine Mann an. „Die stehen unter Naturschutz, wie dir eigentlich klar sein müsste!"

„Nein, das habe ich nicht gewusst", erwiderst du kleinlaut und lässt deine Drohne sofort landen. „Entschuldigung."

Kopfschüttelnd gehen die Männer wieder.

Wenn du wartest, bis sie weg sind,
um die Drohne erneut starten zu lassen,
lies weiter auf Seite 31

Wenn du dich an das Verbot hältst,
lies weiter auf Seite 44

Auf dem Weg Richtung Aussichtsturm trittst du kräftig in die Pedalen. Als du dich in die Kurve legst, rutscht deine Tasche mit der Drohne vom Gepäckständer.
Peng, die Tasche knallt auf den harten Asphalt!
Hat deine Drohne das überlebt?
Du wirfst einen bangen Blick zurück – und es wird noch schlimmer! Denn der Fahrer des Polizeiautos, das gerade um die Ecke schießt, sieht das Hindernis zu spät. Trotz einer Vollbremsung rollt das schwere Auto über deine Tasche – und die Drohne.
Das Knirschen und Knacken geht dir durch Mark und Bein.
Oh nein, deine schöne Drohne, dein heiß geliebter Copter: zerbröselt, zermalmt, zerstört!
Was für ein Drama! Du bist so traurig und so entsetzt. Mit Tränen in den Augen flitzt du weiter, biegst in einen schmalen Fußweg ein. Hier kann dir das Polizeiauto nicht folgen. Es gelingt dir also, die Polizisten abzuhängen, aber du hast einen hohen Preis dafür gezahlt. Einen sehr hohen.

Ende

Das Licht flutet in den Flur des Untergeschosses, die Nacht wird zum Tag.
Du vernimmst einen unterdrückten Fluch, dann hörst du das Quietschen von Turnschuhen auf den Fliesen. Keine Frage, der Kerl sucht das Weite.
Da hast du plötzlich eine Idee! Du flitzt in dein Zimmer, reißt Drohne und Fernsteuerung vom Tisch, öffnest das Fenster und lässt den Copter fliegen.
Durch den Vorgarten sprintet eine dunkel gekleidete Gestalt. Sie erreicht den niedrigen Zaun, springt darüber und hetzt zu einem Kleinwagen, der unter einer Laterne geparkt ist, die ihr milchiges Licht auf die Straße wirft.
Der Einbrecher springt in das Fahrzeug, lässt den Motor an.
Du konzentrierst dich und steuerst die Drohne nach unten, bis sie knapp über dem Boden schwebt. Der Wagen fährt aus der Parklücke. Dir gelingt es, den Copter so zu lenken, dass er das Kennzeichen des Autos filmt. Bingo!
Zwar ist der Einbrecher kurz darauf mit seinem Auto verschwunden, aber du hast ziemlich gute Aufnahmen vom Kennzeichen.
Du alarmierst deine Eltern, dann die Polizei. Dank deiner Aufnahmen wird der Einbrecher überführt. Gut gemacht!

Ende

Schluss jetzt! Du hast schon genug Probleme wegen der ganzen Sache. Deine Eltern machen dir keine Vorwürfe, auch als sie erfahren, dass das Bußgeld sehr hoch ausfällt.
Du hast ja etwas Gutes im Sinn gehabt, sagen sie zu dir, und kündigen an, die Kosten für deine unüberlegte Aktion zu übernehmen.
Du bist erleichtert, denn du hast schon befürchtet, die Geldbuße von deinem Taschengeld abstottern zu müssen.
Doch deine Eltern sind wirklich schwer in Ordnung, stellst du wieder einmal fest.
Es wird noch ein schöner Urlaub, und der Ärger ist bald vergessen.

Ende

„Warten Sie!“, rufst du und flitzt heran.
Der Polizist mustert dich mürrisch. „Was ist denn noch?“
„Mein Video“, sprudelt es aus dir hervor. „Sie haben es gelöscht!“
„Was redest du da, Kleiner?“
„Der Chip ist leer“, sagst du.
Der Beamte zuckt mit den Schultern. „Oh, wie dumm. Tut mir leid. Vielleicht ist der Chip ja kaputt.“
Du platzt gleich. „Nein, ist er nicht!“, brüllst du. „Sie haben sich den Film angeschaut und ihn dann aus irgendeinem Grund gelöscht.“
Drohend baut sich der Polizist vor dir auf. „Jetzt hör mir mal gut zu“, zischt er. „Das ist eine Unterstellung. Als würde ich, ein Polizeibeamter, Beweismaterial unterschlagen. Dafür könnte ich dich gleich noch mal anzeigen. Aber ich habe heute einen guten Tag und will mal davon absehen. Und jetzt: Verschwinde, bevor ich es mir anders überlege.“
Damit lässt er dich stehen.
Oje, du hast gegen den Mann rein gar nichts in der Hand. Zähneknirschend radelst du wieder in die Ferienwohnung. Was für eine Pleite!

Ende

Ja, das ist nicht legal. Aber du hast schließlich etwas Gutes vor, du willst doch nur helfen, einem Verbrecher das Handwerk zu legen. Inzwischen ist auch sein Motiv bekannt: Der Kerl verlangt eine Million Euro. Erst wenn er die hat, will er mit den Störmanövern aufhören. Die Flughafenbetreiber lehnen die Forderung ab, und der Erpresser kündigt weitere Sabotageakte an.

Also: Kannst du herausfinden, von wo aus der Täter seine Drohne starten lässt? Kannst du ihn vielleicht dabei filmen und das belastende Material der Polizei übergeben, damit sie den Schurken überführt?

Am selben Abend legst du los. Deine Eltern besuchen ein Konzert, sodass niemand Fragen stellt, als du das Haus verlässt, die Drohne in deiner Sporttasche. Dann radelst du zum Flughafengelände.

Auf dem Weg dorthin fallen dir zwei Streifenwagen auf, die langsam durch die Straßen fahren. Zufall? Oder suchen die Beamten ebenfalls nach dem Erpresser mit der Drohne?

Und du hast ebenfalls eine Drohne dabei …

**Wenn du die Aktion für heute abbrichst,
lies weiter auf Seite** **42**

**Wenn du weitermachst,
lies weiter auf Seite** **28**

Du erzählst den Beamten deine abenteuerliche Story. Sie kommen aus dem Staunen gar nicht mehr raus.

„Du wolltest also Detektiv spielen und dafür die Drohne benutzen?", fragt einer der beiden, als du fertig bist.

Du nickst und schaust betreten zu Boden.

„Wir haben wahrlich genug Ärger mit der einen Drohne!", poltert der Polizist. „Da brauchen wir nun wirklich nicht noch einen übereifrigen Teenager, der uns dazwischenfunkt und glaubt, dass er unsere Arbeit besser machen kann, verdammt noch mal!"

Die Beamten nehmen dich ins Gebet. Du musst ihnen versprechen, dass du das nie wieder machen wirst.

Dann lassen die Polizisten dich ziehen.

Du bist froh, dass du deinen Copter behalten durftest und keine Anzeige bekommen hast. Andererseits hast du doch auch gar nichts Schlimmes gemacht.

Gleichwie, du beschließt, dich aus der Polizeiarbeit herauszuhalten. Bald sind sowieso Ferien. Mit deinen Eltern wirst du in die Berge fahren – und dort wird es bestimmt tolle Motive für die Kamera an deiner Drohne geben.

Lies weiter auf Seite 105

Du nimmst einen Stein und schleuderst ihn kurzerhand in die Scheibe. Peng! Wie das knallt!
Aber jetzt hast du eine ungetrübte Sicht auf den verdächtigen Wagen. Du hast es ja geahnt: Die Karre hat einen Schalke-Aufkleber. Und am Heck siehst du eine große Beule. Keine Frage, das ist der Wagen, mit dem das schöne neue Auto deiner Eltern gerammt wurde!

Jetzt nichts wie weg! Wenn du weit genug entfernt bist, wirst du die Polizei und deine Eltern alarmieren.
Doch dazu kommt es nicht. Denn als du dich umdrehst, steht da ein dicker Mann mit einem Gewehr.
„Was soll denn das werden, Kurzer?“, fragt er dich lauernd. Verdammt, wo kommt der denn her?, denkst du. Der Mann scheint geradewegs aus dem Boden gewachsen zu sein.

**Wenn du wegläufst,
lies weiter auf Seite** **20**

**Wenn du dich rausreden willst,
lies weiter auf Seite** **67**

Immerhin weißt du, in welche Richtung der graue Opel fuhr. Außerdem hast du eine Drohne. Du beschließt, den Fahrer mithilfe des Copters zu suchen.
Aber wo sollst du mit der Suche beginnen?, überlegst du. Du könntest der Straße folgen, die der Opelfahrer nahm. Oder du suchst rund um den Parkplatz im Wald, denn womöglich wohnt der Typ ganz in der Nähe … Hm, aber würde er dann mit dem Auto zum Wald fahren? Er könnte doch auch zu Fuß dorthin gehen.

Wenn du der Straße folgst,
lies weiter auf Seite **68**

Wenn du dich für die Umgebung
rund um den Parkplatz entscheidest,
lies weiter auf Seite **18**

Noch hat die Drohne ihre höchste Geschwindigkeit nicht erreicht. Da geht noch was! Vor dem Tunnel holst du das Letzte aus dem Copter raus und bist auf gleicher Höhe mit dem unmittelbar vor dir liegenden Piloten. Doch der hat keine Lust, dass du vorbeiziehst, und täuscht einen Check an.
Du erschrickst – wie uncool! – und verreißt den Joystick. Prompt schießt dein Racer am Tunneleingang vorbei!
Das bedeutet die Disqualifikation ... Auweia!

Ende

Eine aggressive Katze kann eine Menge Schmerzen bereiten und sogar Krankheiten übertragen.
Nein, das willst du nicht riskieren und machst dich an den Abstieg.
Das klappt auch ganz wunderbar. Wer sagt es denn?
Du schulterst die Tasche mit der heiß geliebten Drohne und marschierst los, um deinen Eltern zu erzählen, was du entdeckt hast.

Lies weiter auf Seite 54

„Hä, was?“ Du warst so in die Betrachtung der schicken Drohne versunken, dass du ihn gar nicht gehört hast.
Dein Dad seufzt. „Wo bist du wieder mit deinen Gedanken, Tim? Ich sagte gerade, dass es bei Drohnen einiges zu beachten gibt!“
Oje, jetzt kommt bestimmt gleich ein endlos langer Vortrag, ahnst du.
Richtig, dein Dad nimmt dich ins Gebet. „Denk dran, Tim, die Drohne muss immer in Sichtweite sein.“
Ach nee, denkst du. Glaubt dein lieber Daddy wirklich, dass du das teure Ding entschwirren lassen würdest?
„Außerdem darfst du sie nicht über Wohngrundstücken und Naturschutzgebieten fliegen lassen“, fährt dein Dad fort. „Zum Flugplatz musst du einen Abstand von anderthalb Kilometern halten. Nachts darfst du nur mit einer Ausnahmegenehmigung fliegen und …“
Du hörst gar nicht mehr hin. Das weißt du doch alles! Aber dein Dad liebt es, solche Dinge runterzurattern. Eigentlich ist dein Vater wirklich in Ordnung, aber in dieser Hinsicht … Es wird daran liegen, dass er Lehrer ist.
Lass ihn reden, denkst du, und schaust weiter versonnen auf deinen Copter. Du möchtest ihn endlich fliegen lassen!

Lies weiter auf Seite 9

Du gehst, bleibst aber in der Nähe und lässt das Zelt nicht aus den Augen. Eine Viertelstunde später verlässt der junge Mann das Zelt und entfernt sich wenige Schritte, um mit einem Reporter zu reden, der ihm offenbar ein paar Fragen stellen will.

Jetzt oder nie!, denkst du und flitzt im Rücken der beiden in das Zelt. Der Laptop läuft, eine Filmszene ist zu sehen. Wenn du mehr Zeit gehabt hättest, hättest du sie dir in Ruhe angeschaut. Aber der Kameramann kann jeden Moment wieder zurückkehren.

Also kopierst du kurzerhand das Material auf einen USB-Stick, der im Rechner steckt, ziehst ihn ab und schlüpfst damit wieder aus dem Zelt.

Niemand hat deinen kleinen Diebstahl bemerkt. Natürlich hast du vor, den Stick zurückzugeben. Aber jetzt schaust du dir das Filmmaterial erst mal in Ruhe zu Hause an.

Du hast es ja geahnt beziehungsweise gehofft: Auf dem Film ist unter anderem zu sehen, wie sich Paul an deinem Copter zu schaffen macht! Das ist der Beweis. Das soll Paul büßen!

**Wenn du Paul erpresst,
damit er dir das entgangene Preisgeld bezahlt,
lies weiter auf Seite** **48**

**Wenn du Paul und
seinen Bruder Marco einfach nur zur Rede stellst,
lies weiter auf Seite** **69**

Der Dieb bemerkt deine Drohne natürlich – und als du ganz nah an ihm dran bist, schlägt er mit einem Ende seines Kletterseils nach deinem wunderschönen Spielzeug. Er trifft mit dem Seil einen der empfindlichen Rotoren.

Oh nein, dein Copter ist nicht mehr flugfähig! Du kannst ihn auch nicht mehr steuern!

Das Letzte, was die Kamera live auf dein Handy überträgt, ist ein furchtbarer Crash. Deine Drohne kracht auf einen Felsen und löst sich in ihre Bestandteile auf. Was für ein Drama!

Und der Täter? Der entkommt mitsamt seiner Beute, den Steinadler-Eiern.

Ende

Andererseits kannst du doch nicht einfach über den Zaun klettern, oder? Wie nennt man das? Hausfriedensbruch?
Du denkst scharf nach. Dabei gleitet dein Blick die Straße hinunter. An deren Ende beginnt ein kleines Waldgebiet, in dem man recht schön spazieren gehen kann.
Dort gibt es einen Spielplatz, auf dem du früher herumgetobt bist, und einen hölzernen Aussichtsturm. Von da oben kann man den Flugzeugen beim Starten und Landen zuschauen. Natürlich warst du dort auch schon oft.
Seit einem halben Jahr ist der Holzturm allerdings gesperrt. Er ist baufällig geworden, weil leider das Geld fehlt, um ihn zu reparieren. Das ärgert dich. Für andere Dinge, die aus deiner Sicht längst nicht so wichtig sind, ist doch auch Geld da!
Jetzt fällt dir etwas anderes ein. Dieser Turm eignet sich bestimmt auch prächtig, um Drohnen fliegen zu lassen und den Flugverkehr zu behindern. Man hat von dort oben garantiert eine hervorragende Sicht …

Wenn du den Aussichtsturm unter die Lupe nimmst, lies weiter auf Seite 74

Wenn du lieber über den Zaun klettern willst, lies weiter auf Seite 35

Nein, du wirst es auch so packen. Ohne fiese Tricks. Du lässt also Paul im Dreieck den Vortritt.

Du jagst über die Strecke, du bist der unerbittliche Verfolger und nur wenige Zentimeter von deinem Kontrahenten entfernt. Wie durch einen Schleier hörst du den Beifall der Zuschauer. Ihr bietet denen wirklich einen packenden Fight bei absoluter Spitzengeschwindigkeit!

Da! Das letzte Hindernis: ein Pfosten, den ihr möglichst eng umkurven müsst. Danach folgt eine lange Gerade mit der Ziellinie. Deine Augen werden schmal – der Pfosten ist deine letzte Chance!

Du zischst aus Pauls Windschatten, aber nach unten, womit Paul nicht gerechnet hat. Eng, ganz eng, jagst du unter deinem verdutzten Gegner am Pfosten vorbei und hast nun ein wenig Vorsprung. Diesen Vorsprung lässt du dir nicht mehr nehmen. Sieg!

Die Leute klatschen begeistert, sie jubeln dir zu.

Als du kurz darauf eine kleine Pause einlegst, um wieder runterzukommen und fit für das Finale zu sein, kommt Paul zu dir und gratuliert dir fair.

Dann sagt er lächelnd: „Ich will dir ein paar Leute vorstellen. Unter anderem meinen Bruder Marco, der sich auch fürs Finale qualifiziert hat. Komm mit."

Wenn du Paul folgst,
lies weiter auf Seite **33**

Wenn du jetzt lieber deine Ruhe haben willst,
lies weiter auf Seite **34**

Endlich sind Ferien! Diesmal ist Wandern mit deinen Eltern in den Chiemgauer Alpen angesagt.
Okay, du hättest dir etwas Cooleres vorstellen können. Zum Beispiel zwei Wochen auf Malle am Strand.
Immerhin hast du deine Drohne mitnehmen dürfen. Außerdem ziehen deine lieben Eltern auch schon mal allein los, um auf irgendeinen Gipfel zu kraxeln. Und dann lässt du deine Drohne fliegen.
Eines Tages bist du in der Nähe des Sonntagshorns, ein Berg, der sich an der deutsch-österreichischen Grenze erhebt und mit seinen 1961 Metern der höchste Gipfel der Chiemgauer Alpen ist. Dein Copter liefert spektakuläre Filmaufnahmen der wunderschönen Berglandschaft.
Doch plötzlich ist deine Drohne nicht mehr allein! Sie hat quasi hohen Besuch bekommen – und zwar von einem seltenen Steinadler.
Du hältst die Luft an. Was für ein schönes Tier! Majestätisch schwebt der Vogel mit dem braunen Gefieder und der Flügelspannweite von zwei Metern über dir.

Wenn du den Adler mit deiner Drohne verfolgst, um ihn im Flug zu filmen, lies weiter auf Seite 87

Wenn du das schöne Tier nicht verschrecken willst, lies weiter auf Seite 16

„Und das sollen wir dir glauben?", schnarrt die Stimme des einen Beamten.

„Na klar", sagst du mit einem unschuldigen Lächeln.

Die Polizisten schauen sich fragend an.

Hinter deiner Stirn wirbeln indes die Gedanken. Eigentlich können die Beamten dir doch nichts anhaben. Du hast ja überhaupt nichts gemacht. Es ist schließlich nicht verboten, mit einer Drohne in der Tasche herumzuradeln.

Richtig, die Polizisten können gar nicht anders, als dich laufen zu lassen. Schnell strampelst du nach Hause.

Das war dir eine Lehre. Du nimmst dir vor, deine persönlichen Ermittlungen einzustellen und diesen Job den Polizisten zu überlassen.

Wenig später haben sie Erfolg. Der Erpresser wird auf frischer Tat ertappt! Der Spuk hat ein Ende.

Und du?

Dir wird das normale Drohnenfliegen zu langweilig. Du willst mehr, du willst in den Rennsport einsteigen!

Lies weiter auf Seite 51

„Kann ich dich mal kurz sprechen?", fragst du Paul, als du wieder bei ihm und seinen Freunden bist.
„Klar, was gibt's?", erwidert er freundlich.
„Unter vier Augen?"
„Sicher."
Ihr entfernt euch ein paar Meter von den anderen.
„Du machst es aber spannend", sagt Paul, als ihr allein seid.
Von seinem nach wie vor freundlichen Lächeln lässt du dich nicht täuschen und konfrontierst ihn mit den Beobachtungen des Jungen.
Das Lächeln in Pauls Gesicht erstirbt. „Was soll das? Willst du wirklich behaupten, ich hätte deinen Copter manipuliert?"
Du schweigst.
Paul wird sauer. „Ja, ich war an deinem Copter. Ich habe ihn mir kurz angeschaut, weil ich neugierig war, was das für eine Maschine ist, die schneller war als meine eigene. Na und? Das heißt doch noch lange nicht, dass ich etwas kaputt gemacht habe."
Das stimmt, musst du im Stillen zugeben.
„Du hast doch überhaupt keine Beweise, das ist eine miese Unterstellung", sagt Paul wütend und lässt dich stehen.
Tja, das war es dann. Du hast nicht nur das Rennen verloren, du hast dich in der Szene auch noch so richtig unbeliebt gemacht. Frustriert kehrst du dem Rennsport den Rücken.

Ende

Du lauerst auf Position drei und schickst deinen Copter mit Ruhe und Geschick durch den anspruchsvollen Parcours. Nach wie vor vermeidest du direkte Duelle, denn die könnten dich von der Ideallinie abbringen. Im schlimmsten Fall könnte es sogar zu einer Berührung kommen – mit fatalen Folgen für deinen Racer.

Die letzte Runde! Jetzt gibt es einen Crash an der Spitze: Die beiden vor dir liegenden Maschinen haben sich berührt und fliegen auseinander wie zwei Billardkugeln, die gegeneinandergeprallt sind. Beide Piloten sind raus.

Und das heißt: freie Fahrt für den gerade noch Drittplatzierten, der nun an der Spitze liegt! Freie Fahrt für Tim, den krassen Außenseiter!

Du bleibst cool, auch wenn dir die verbliebenen Piloten mit ihren Coptern im Nacken sitzen. Sekunden später schießt deine Maschine über die Ziellinie – und du bist um zweitausend Euro reicher!

Das ist der Beginn einer großen Karriere, denn das war nicht das letzte Rennen, das du gewonnen hast!

Zur Feier des Tages lädst du Marie auf einen großen Eisbecher ein.

Ende

Wow, was für ein Rennen, was für ein Finale! Das Publikum ist total begeistert. Kein Wunder, die Action ist auch wirklich grandios.
Tatsächlich steuert Jason seine Drohne am besten durch den Parcours. Hinter ihm ist Luca, dann kommst du. Du hast keine Chance, die Führenden zu überholen. Es sei denn, sie machen einen Fehler.
Das tun sie aber nicht. In der letzten Runde erinnerst du dich an den miesen Deal. Um Jason überhaupt erreichen zu können, nimmst du vor dem letzten Hindernis eine (natürlich verbotene) Abkürzung und lässt deinen Racer in seinen krachen.
Sofort ist das Rennen für euch beide vorbei. Jason schreit dich an: „Was bist du denn für ein Vollpfosten?!"
Du lächelst nur.
Luca gewinnt – und der elegante Mann freut sich sichtlich über seinen Wettgewinn.
Du gehst zu ihm und verlangst die zweitausend Euro.
„Wie bitte?", fragt er. „Für was?"
„Sie haben es mir versprochen. Für die Attacke auf Jason", erwiderst du irritiert.
„Ich weiß nicht, wovon du sprichst, Kleiner", kanzelt dich der Typ ab und geht.
Tja, dieser Betrug hat sich für dich nicht gelohnt. Und weißt du was? Das ist auch gut so!

Ende

Du suchst den Kellerraum nach etwas Passendem ab. Super, da ist eine alte Holzlatte. Aber damit wirst du gegen den Kerl keine Chance haben, wenn er das Gewehr dabeihat …
Hm, du musst ihn irgendwie überraschen oder ablenken. Da fällt dein Blick auf die Tasche. Natürlich hat der Entführer dir das Handy abgenommen, aber den Copter samt Fernbedienung hat er dir gelassen … und jetzt hast du eine Idee!
Wenig später hörst du schlurfende Schritte im Kellerflur. Dein Herz pocht bis zum Hals, als du die Drohne startklar machst. Jetzt geht die Tür auf, der Mann kommt mit dem Gewehr herein … und zack, die Drohne schießt in Kopfhöhe auf ihn zu. Der Mann erschrickt und reißt instinktiv die Arme hoch. Bong, die Drohne erwischt ihn an der Stirn.
Und noch mal: Bong! Das war die Holzlatte, die du dem fiesen Typen um die Ohren gehauen hast.
Er geht zu Boden, ist bewusstlos. Du springst mit der Tasche und der Drohne über ihn hinweg und fliehst aus dem Haus. Rasch alarmierst du die Polizei und deine Eltern.
Der Mann wird festgenommen. Es handelt sich um einen gesuchten Schwerverbrecher, der vor Kurzem aus dem Gefängnis ausgebrochen ist und sich auf dem abgelegenen Hof versteckt hielt.

Ende

Man kann es auch übertreiben, bist du überzeugt. Es ist schließlich die Aufgabe der Polizei, Verbrecher zu jagen.
Also lässt du lieber noch ein wenig deine schöne Drohne fliegen. Deine siegreiche Drohne. Du hast es echt drauf!
In den nächsten Tagen behältst du eure Siedlung vom Feld aus im Auge – quasi im Kamera-Auge deines Copters.
Dabei stellst du fest, dass du der Einzige bist, der hier eine Drohne fliegen lässt.
So bleibt es auch, die weiße Drohne taucht nie wieder auf – und das ist sicher dein Erfolg.
Übrigens gibt es auch keine Einbrüche mehr in eurer Siedlung. Ob das mit dem Verschwinden der weißen Drohne zu tun hat, bleibt offen, aber das spielt auch nur eine untergeordnete Rolle. Hauptsache, es herrscht Frieden in der Siedlung!

Ende

Hehe, das ist wirklich eine ganz schlaue Nummer von dir, bist du überzeugt, als du innen am Pfosten vorbeirast und dich prompt vor Marie setzt.

Das wird sie doch bestimmt schwer nerven. Schade, dass du jetzt ihr Gesicht nicht sehen kannst.

Und dann schießt deine Drohne als Erste über die Ziellinie.

Du hast es gepackt, du hast gleich dein erstes Rennen gewonnen und darfst dich über die Prämie freuen!

Tja, das glaubst du jedenfalls.

Denn kurz nach deinem vermeintlichen Triumph wirst du disqualifiziert, und Marie wird zur Siegerin gekürt.

Die Schiedsrichter haben dein mieses Manöver nämlich doch bemerkt!

Das war es dann mit deiner großen Rennkarriere …

Ende

Dabei stellst du fest, dass das Gestänge von zwei der vier Carbonpropeller verstellt ist. Kein Wunder, dass die Maschine quasi nicht mehr im Lot war.
Wie kann das sein? Dein Renncopter verstellt sich doch nicht von selbst!

Plötzlich hast du einen Verdacht. Einen echt bösen Verdacht. Kann es sein, dass Paul dich vorhin absichtlich von deinem Racer weggelockt hat? Angeblich, um dir seinen Bruder Marco und die anderen vorzustellen? Während du dich mit Marco unterhalten hast, verschwand Paul …
Ist er etwa zu deiner Maschine gelaufen und hat sie sabotiert? Aber warum? War es Rache für seine Niederlage gegen dich in der Quali oder wollte er, dass sein Bruder gewinnt? Oder vielleicht sogar beides?
Tja, Beweise hast du derzeit noch keine …

**Wenn du Nachforschungen anstellst,
lies weiter auf Seite 50**

**Wenn du es dabei bewenden lässt,
lies weiter auf Seite 64**

Du bist zu langsam! Die feindliche Drohne erwischt dich am Hinterkopf. Du sackst zusammen und gleitest hinüber ins Reich der Träume.
Als du wieder zu dir kommst, befindest du dich in einem düsteren Kellerraum. Du versuchst, die Tür zu öffnen, aber die ist fest verschlossen. Natürlich!
Die Tasche mit deiner Drohne ist auch weg. Das Handy ebenfalls. So ein Mist! Das Einzige, was du in dem staubigen Raum findest, sind drei Flaschen Wasser.
Du kannst nichts anderes tun, als darauf zu warten, dass der fiese Erpresser dich rauslässt.
Nach der zweiten Nacht ist die Tür plötzlich offen. Der Täter muss sie aufgeschlossen haben, als du geschlafen hast.
Du gelangst ins Freie und flitzt nach Hause zu deinen besorgten Eltern. Sie sind überglücklich, dich wiederzusehen.
Von ihnen erfährst du, dass der Erpresser leider Erfolg hatte – er hat das Geld bekommen und ist damit spurlos verschwunden.
Schrecklich!, denkst du. Aber du bist natürlich unendlich froh, nicht mehr in dem Keller gefangen zu sein. Nicht auszudenken, wenn der fiese Kerl dich dort unten hätte versauern lassen …

Ende

Leseprobe aus dem
Ravensburger Taschenbuch 52607
„Der Superheld der 1000 Gefahren“
von Fabian Lenk

Plötzlich sind sie da.
Drei Männer springen aus einer schwarzen Limousine. Sie tragen Masken und Maschinenpistolen und laufen auf ein Juweliergeschäft in der 5th Avenue zu.
Passanten kreischen und bringen sich in Sicherheit.
Du auch.
Mit einem Satz gehst du hinter einem Blumenkübel in Deckung und ziehst zitternd dein Handy hervor, um die Truppe vom NYPD, dem New York City Police Department, zu alarmieren.
Du starrst zu dem Geschäft hinüber und hoffst, dass diese elenden Gangster den Leuten da drinnen nichts tun.
Ein Schuss kracht und du zuckst zusammen.
Eine Minute vergeht, dann zwei.
Wo bleibt nur die Polizei?
Jetzt stürmen die Gangster mit einer Tasche voller Beute wieder aus dem Juweliergeschäft. Schon sind sie im Auto und der Fahrer gibt Gas. Mit quietschenden Reifen schießt die Limousine davon und wird vom Verkehr verschluckt. Aber du hast dir das Kennzeichen gemerkt!
Kurz darauf sind die Beamten da. Doch sie kommen zu spät, den Tätern ist die Flucht geglückt. Von einem Polizisten erfährst du, dass immerhin niemand verletzt wurde. Die Gangster hatten nur einen Warnschuss abgegeben.
Du meldest dich bei dem Cop als Zeuge, denn du hast alles beobachtet!

Lies weiter auf Seite 26

Klar, du hast Superkräfte, aber unbesiegbar bist du trotzdem nicht!

Rasch trittst du den Rückzug an. Du gehst zügig, rennst aber nicht, auch wenn es dir schwerfällt.

Hinter dir hörst du Schritte und drehst dich um.

Die Typen haben sich in Bewegung gesetzt und folgen dir.

Verflucht, gleich bist du geliefert!

Doch du hast Glück. Ein Taxi nähert sich. Du trittst auf die Straße und stoppst den Wagen. Dann springst du hinein und lässt dich nach Hause bringen.

Als du im Bett liegst, denkst du: So geht das nicht. Du kannst nicht einfach unüberlegt dort auftauchen, wo es besonders wehtun könnte. Du brauchst einen Plan, sonst wird das übel ausgehen.

Am nächsten Morgen schaust du dir die Nachrichten an. Es war eine schlimme Nacht mit zahlreichen Raubüberfällen. Die Täter konnten Dinge im Millionenwert erbeuten. Ein Wachmann und ein Polizist wurden schwer verletzt.

Du wirst nachdenklich. Auch du hättest verletzt oder getötet werden können, während die Bösen jetzt reich sind.

Aber was wäre, wenn du deine Macht einsetzt, um selbst Beute zu machen? In deinen Augen beginnt es zu glitzern, während du dich in deiner armseligen Bude umschaust.

Wenn du selbst zum Schurken wirst,
lies weiter auf Seite **23**

Wenn du dich zusammenreißt,
lies weiter auf Seite **15**

„Keine dummen Tricks!", blafft dich der Gangster an und zieht wieder seine Pistole.
Du wagst es nicht, den Mechanismus auszulösen und dich in Hunter zu verwandeln.
Der Kerl zwingt dich, ihm das Amulett zuzuwerfen. Dann macht er sich mit seinen Komplizen lachend aus dem Staub.

Du hörst nie wieder etwas von ihnen, aber auch nie wieder von dem geheimnisvollen Skarabäus.
Es scheint, als ob es den Gangstern nicht gelungen wäre, die Superkräfte zu aktivieren. Vielleicht funktioniert das ja auch nur bei dir.
Immerhin konnten die Verbrecher die Macht Nefertems nicht missbrauchen. Doch das ist nur ein schwacher Trost, denn der Verlust des magischen Amuletts wiegt für dich unendlich schwer.

Ende

Du spazierst in das Lokal hinein und bittest um einen Termin bei Mister Li.
„Der Chef ist sehr beschäftigt. Warum sollte er dich empfangen, Kleiner?", fragt dich die Frau an der Theke spöttisch.
„Deshalb", sagst du und verwandelst dich in Hunter.
Die Frau schreckt zurück. „Oh! Dann … werde ich sehen, was sich machen lässt."
Eine Minute später sitzt du als Hunter Mister Li gegenüber, einem Mann mit erstem Grau in den Haaren. Er trägt einen sündhaft teuren Anzug sowie eine goldene Uhr. Neben ihm ragen zwei Bodyguards auf, reglos wie Statuen im Museum deines Onkels.
„Wer bist du?", fragt er dich. „Und was willst du?"
„Wer ich bin, spielt keine Rolle", erwiderst du. „Aber Sie werden New York verlassen und nie wieder auch nur einen Radiergummi klauen. Ist das klar?"
Mister Li lacht nur und schnippt mit den Fingern. Seine Gorillas stürzen sich auf dich, doch sie haben sich mit dem Falschen angelegt. Du machst mit ihnen kurzen Prozess. Dann sorgst du dafür, dass Mister Li eingesperrt wird. In den Medien wirst du gefeiert. Man lädt dich unter anderem zu Talkshows ein.

**Wenn du dort auftrittst,
lies weiter auf Seite** **45**

**Wenn du dir stattdessen
sofort den nächsten Schurken vorknöpfen willst,
lies weiter auf Seite** **101**

Zack, schon bist du Hunter!
Wieder klingelt dein Handy.
„He, was soll die lächerliche Verkleidung, Kleiner?", höhnt Doc Energy. „Willst du Held spielen, Miezekatze?"
Du schickst ihm ein Messer entgegen, doch der Schurke lacht nur. Er gibt Gas und du ahnst, dass der Kerl dich mit dem Motorboot rammen will.
Du machst einen weiten Satz, um dich auf ihn zu stürzen. Doch Doc Energy hebt seine Handflächen und schleudert einen leuchtenden Energieball auf dich. Mitten im Sprung wirst du getroffen und zurückgeworfen.
Was für ein Schmerz!
Mit einem lauten Platschen landest du in der Bay. Rasch fischt der Gangster die Taschen mit dem Geld aus dem Ruderboot. Dann richtet er seine Handflächen ein zweites Mal auf dich.
Diesmal ist es, als träfe dich ein Blitz – und du weißt: Das ist das

Ende

Du willst einmal quer durch den Kontinent, von New York über Washington, Chicago und Denver nach Los Angeles. Was für ein Trip! Aber im Zug ist es ja gemütlich.
So gemütlich, dass du schon nach wenigen Kilometern einschläfst.
Wie unvorsichtig von dir! Denn du bist nicht der einzige Verbrecher, der heute mit der Bahn fährt.
Ein Langfinger schleicht sich in dein Abteil und stiehlt dir den Koffer mit der Maske des Tutanchamun.
Als du an der nächsten Station aufwachst, sind Dieb und Maske spurlos verschwunden. Was für eine Katastrophe, zumal du nicht zurück nach New York kannst, denn dort wartet garantiert Sachmet auf dich …

Ende

14

Du packst einen Tisch und hältst ihn wie einen Schild vor dich. Damit stürmst du auf den Schützen zu.
Ein Fehler, denn du hast leider die Durchschlagskraft der Kugeln unterschätzt.
Mühelos durchsieben sie das Holz des Tisches … und du spürst einen jähen Schmerz.

Ende

Du solltest deine Kräfte gegen das Böse einsetzen. Aber du bist vermutlich trotzdem nicht unbesiegbar und willst daher nicht blind ins Verderben rennen. Du musst gezielt vorgehen. Und vorsichtig.

Du gehst ins Internet und rufst einen Stadtplan von New York auf. Dann recherchierst du, wo es besonders viele Verbrechen in der letzten Zeit gab, und markierst diese Gebiete auf dem Plan.

Dabei stößt du auf eine besonders schlimme Bande in Chinatown: die *Dragons*. Diese Gang hat sich auf Schutzgelderpressung und Drogenhandel spezialisiert.

Du findest heraus, dass ein gewisser Mister Li als Kopf der Bande gilt. Man konnte ihm noch nie etwas nachweisen, vermutet aber, dass sein feines Restaurant *Orchidee* ihm als Hauptquartier und zur Geldwäsche dient.

Aber wie willst du gegen Mister Li und seine Bande vorgehen?

Wenn du das Hauptquartier stürmst, lies weiter auf Seite 18

Wenn du mit Mister Li redest, lies weiter auf Seite 10

16

Es ist kurz nach Mitternacht, da nähert sich ein harmloser Praktikant mit einem Rucksack dem Eingang des Casinos. Dann nimmst du den Skarabäus in die Hand – und verwandelst dich in Hunter! Dem Wachmann am Eingang verpasst du einen Hieb, der ihn quer durchs Foyer schleudert.

Danach springst du zu dem Schalter, an dem man Geld gegen Spielchips eintauschen kann.

„Her mit der Kohle!", fauchst du den Typen hinter dem Tresen an und wirfst ihm den Rucksack zu.

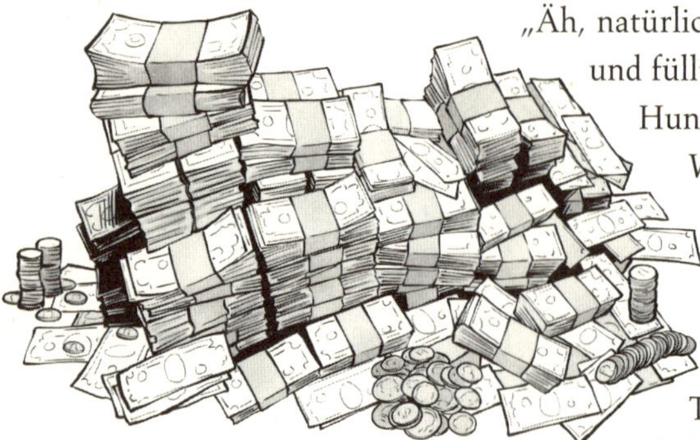

„Äh, natürlich", sagt der Mann und füllt den Rucksack mit Hunderten von Dollar.

Was du jedoch nicht siehst: Er drückt heimlich einen Alarmknopf, der unter dem Tisch verborgen ist.

Und als du mit dem randvollen Rucksack und einem breiten Grinsen das Casino verlassen willst, gehen alle Türen automatisch zu. Du sitzt in der Falle! Oder?

Wenn du versuchst, die Tür aufzubrechen, lies weiter auf Seite 83

Wenn du dich lieber im Casino versteckst, lies weiter auf Seite 32